雄略天皇

倭の国から日本へ 10

阿上万寿子
Masuko Agami

文芸社

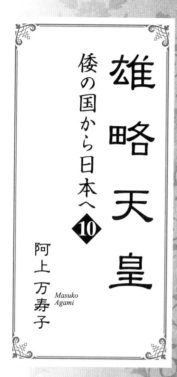

目次

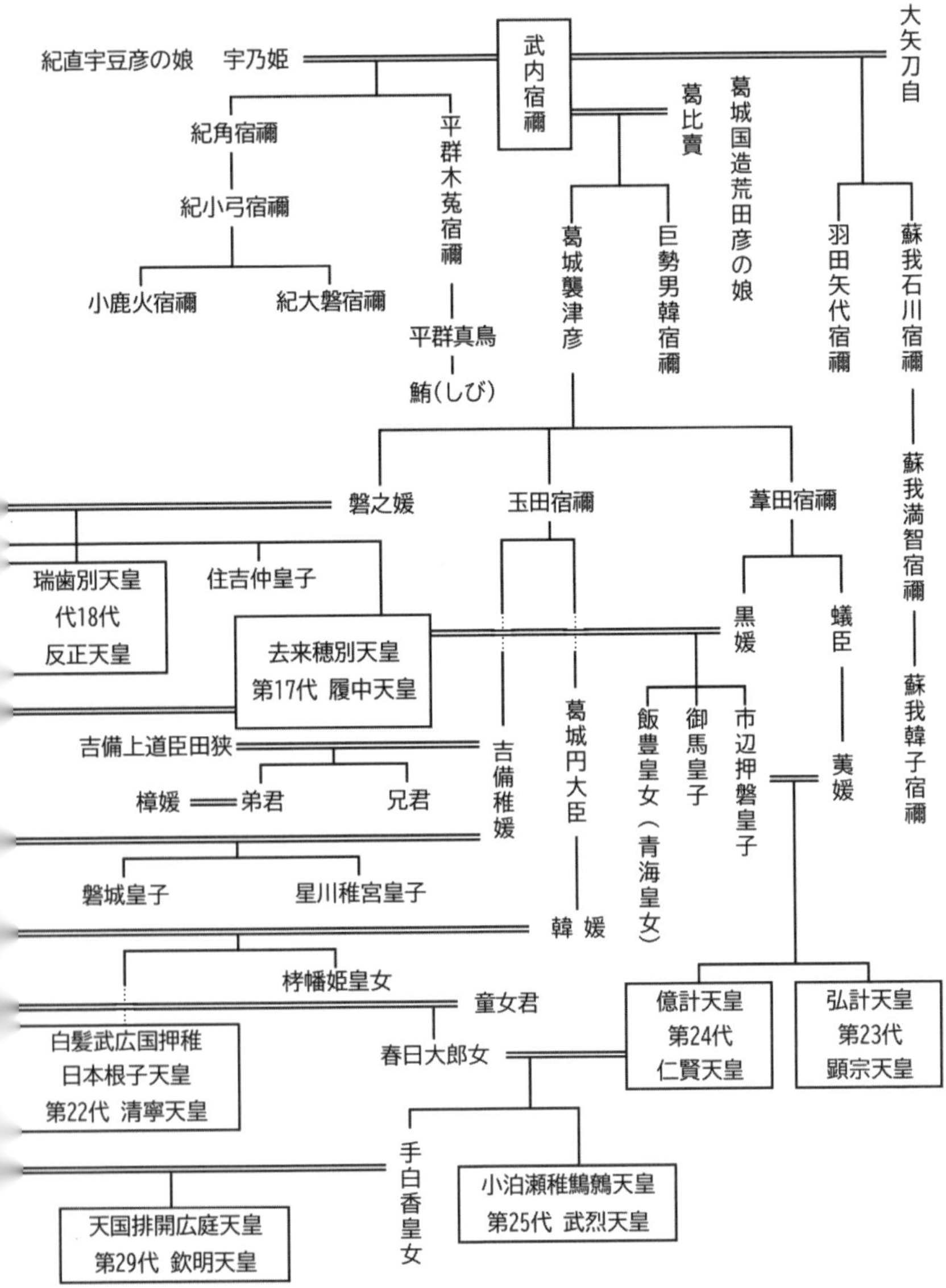

大矢刀自
武内宿禰
紀直宇豆彦の娘　宇乃姫
葛比賣
葛城国造荒田彦の娘
紀角宿禰
平群木菟宿禰
紀小弓宿禰
小鹿火宿禰
紀大磐宿禰
平群真鳥
鮪(しび)
葛城襲津彦
巨勢男韓宿禰
羽田矢代宿禰
蘇我石川宿禰
蘇我満智宿禰
蘇我韓子宿禰
磐之媛
玉田宿禰
葦田宿禰
瑞歯別天皇
代18代
反正天皇
住吉仲皇子
去来穂別天皇
第17代　履中天皇
黒媛
蟻臣
吉備上道臣田狭
葛城円大臣
飯豊皇女（青海皇女）
御馬皇子
市辺押磐皇子
荑媛
樟媛
弟君
兄君
吉備稚媛
磐城皇子
星川稚宮皇子
韓　媛
栲幡姫皇女
童女君
白髪武広国押稚
日本根子天皇
第22代　清寧天皇
春日大郎女
億計天皇
第24代
仁賢天皇
弘計天皇
第23代
顕宗天皇
手白香皇女
小泊瀬稚鷦鷯天皇
第25代　武烈天皇
天国排開広庭天皇
第29代　欽明天皇

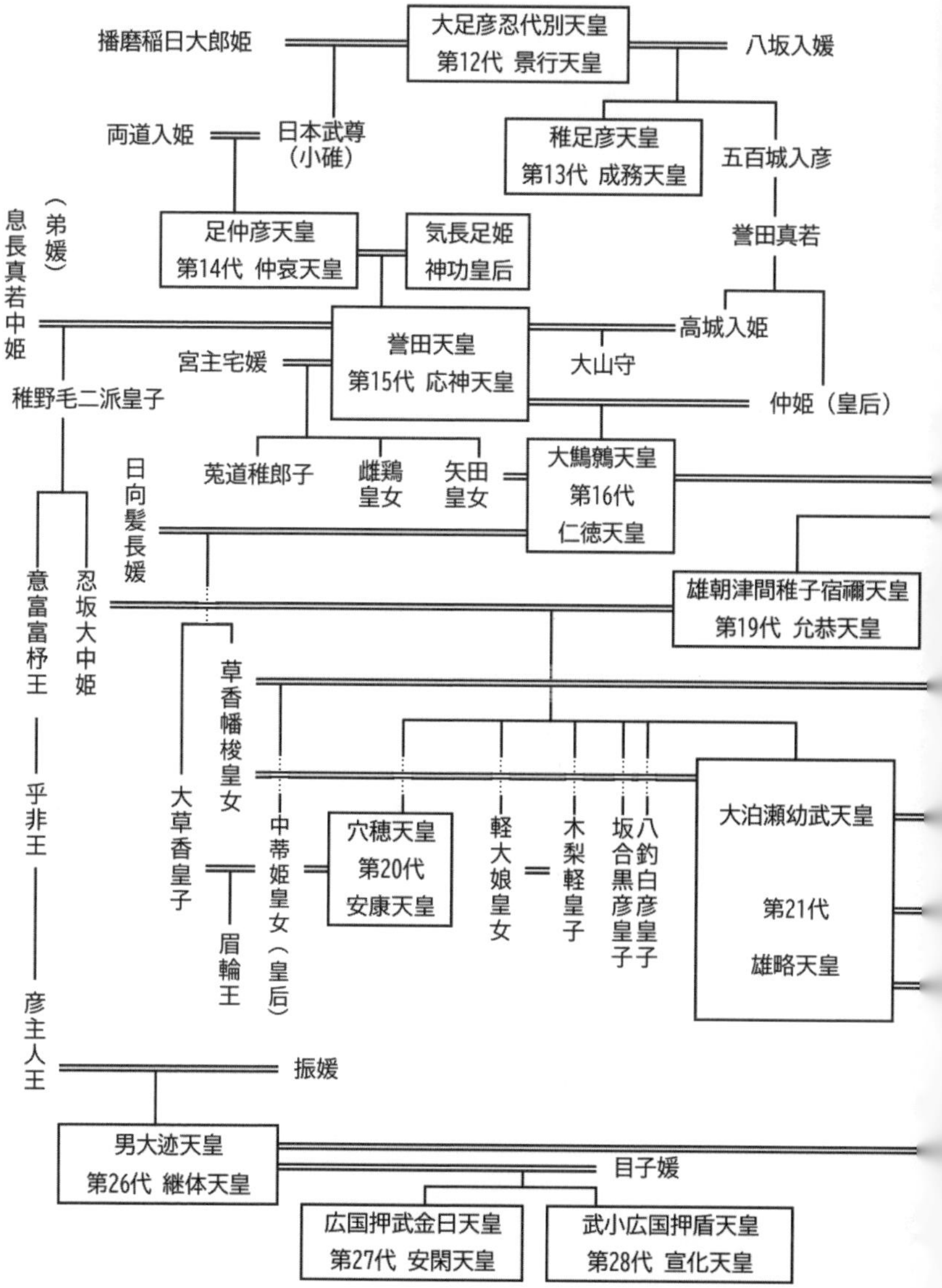
播磨稲日大郎姫
大足彦忍代別天皇
第12代 景行天皇
八坂入媛
両道入姫
日本武尊
（小碓）
稚足彦天皇
第13代 成務天皇
五百城入彦
息長真若中姫
（弟媛）
足仲彦天皇
第14代 仲哀天皇
気長足姫
神功皇后
誉田真若
誉田天皇
第15代 応神天皇
高城入姫
大山守
宮主宅媛
仲姫（皇后）
稚野毛二派皇子
菟道稚郎子
雌鶏皇女
矢田皇女
大鷦鷯天皇
第16代
仁徳天皇
日向髪長媛
意富富杼王
忍坂大中姫
雄朝津間稚子宿禰天皇
第19代 允恭天皇
草香幡梭皇女
大草香皇子
眉輪王
中蒂姫皇女（皇后）
穴穂天皇
第20代
安康天皇
軽大娘皇女
木梨軽皇子
坂合黒彦皇子
八釣白彦皇子
大泊瀬幼武天皇
第21代
雄略天皇
乎非王
彦主人王
振媛
男大迹天皇
第26代 継体天皇
目子媛
広国押武金日天皇
第27代 安閑天皇
武小広国押盾天皇
第28代 宣化天皇

そらみつ　大和の国は
おしなべて　われこそ居《を》れ　しきなべて　われこそ座《ま》せ
われこそは告《の》らめ　家をも名をも

万葉集　巻一・一番より

一　雄朝津間稚子宿禰《おあさづまわくごのすくね》天皇（第十九代　允恭《いんぎょう》天皇）

物心ついたときには、兄達に憧れていた。

雄朝津間稚子宿禰は、四番目の皇子。彼には三人の兄がいた。

兄弟の父親は、聖帝と称えられた大鷦鷯《おおさざき》天皇（第十六代　仁徳《にんとく》天皇）。母親は、皇后磐之媛《いわのひめ》。母方の祖父は、三韓（新羅《しらぎ》・百済《くだら》・高句麗《こうくり》）でその名を轟かせた葛城襲津彦《かづらきのそつひこ》。曾祖父は、武内宿禰《たけしうちのすくね》。

兄達は容姿端麗、利発で機敏。明朗闊達な性格で人々を魅了した。だが、その輝かしい英雄の血脈は、三人で尽きたらしい。四番目は身体が弱く、すぐに風邪をひき、腹をこわした。影が薄い四男に、期待する者はいない。それでも彼は、努力を惜しまなかった。虚弱な身体に負荷をかけ、兄達に並べる日を夢見て鍛錬を続ける。

そしてある日、過労で倒れた四男は、そのまま寝付いてしまった。高熱が何日も続き、一時は生命も危ぶまれるほど。

ようやく回復に向かった日、駆け付けた父親は、彼を厳しく叱責した。

「国のために戦って負傷したならともかく、余計なことで死にかけて、皆に迷惑をかけるとは」

敬愛してやまない父。その人が大きなため息をつく。

「病身でありながら養生もせず、親からもらった身体を粗末に扱うとは、なんと親不孝なことよ。恥ずかしいとは思わぬか。お前は、兄達とは違うのだ。もし長く生きられたとしても、お前が即位することはなかろうよ」

あの日、どれだけ泣いたことか。

成人した四男の妻になったのは、誉田《ほむた》天皇（第十五代　応神《おうじん》天皇）と息長《おきながの》真《ま》若中《わかなか》姫との間に生まれた稚野《わかの》毛《け》二派《ふたまた》皇子の娘。名前は、忍坂大中《おしさかのおおなかつ》姫という。彼女の兄の名は、意富富杼《おおおど》王。後の男大迹《おおど》天皇（第二十六代　継体《けいたい》天皇）の曾祖父となる人物。

その忍坂大中姫にも、忘れられない記憶があった。

それは、近江の坂田で暮らしていた、少女時代のこと。その頃、都では武内宿禰の血族が権勢を振るい、彼等に追従する者も多かった。大中姫の母親は、政争に巻き込まれることを恐れ、都から離れた坂田の屋敷で子供を育てていた。

姫の密かな楽しみは、屋敷の庭の地面に、小枝で絵を描くこと。垣根に囲まれた庭で思い描くのは、都での暮らし。美しい衣装を身に着けて、王族の娘らしい生活をおくる自分の姿。

その時だ。頭の上から、だみ声が降ってきた。

「畑の出来はどうだい、嬢ちゃん」

しゃがんだまま見上げると、垣根の上から覗く、むさ苦しい薄笑いの男。外の道を通りかかり、無作法にも馬上から覗き込んでいたのだ。しかも、彼女の密かな楽しみを、畑仕事の真似事だと茶化している。姫の顔に、かっと血が上った。小枝を捨てて立ち上がり、そのまま男を直視する。

からかうつもりで声をかけた少女の、思いがけぬ美しい顔立ち。その厳しい表情に一瞬気圧され、苛立った男は、横柄に命じた。

「おい、小娘、そこに生えている野蒜《のびる》を取ってよこせ」

大中姫は、黙って足元の野蒜を一本抜き、手にしたまま垣根に近づく。高貴な女性は、簡単に感情を表さないもの。男の顔を見上げ、野蒜を差し出しながら、冷静な口調で尋ねる。

「なぜ野蒜が要るのですか」

馬の上から手を伸ばし、男は乱暴に奪い取った。

「山に行ったときに、うるさい小虫を払うのさ！」

顎を突き出し、そう言い捨てる。田舎の小娘が気取りやがって！

去っていく男の後ろ姿を、少女は睨みつけた。

武内宿禰の一族の勢いに押され、我等はこうしてひっそりと生きている。だが、私は誉田天皇（応神天皇）の孫娘なのだ。姫は、白い拳を握りしめ、心の中で誓う。

「下品な男よ。お前の無礼は、決して忘れぬ！」

雄朝津間稚子宿禰皇子と忍坂大中姫。縁あって結ばれた二人。偉大なる天皇の息子でありながら周囲に軽んじられている皇子に、大中姫は親近感を覚えた。目立たぬけれど、誠実で立派なお方。いつかきっと、世の中に認められ、求められる時が来る。彼女は夫の能力を信じ、彼を愛し、身体が弱い夫を支え続けた。

三十歳を過ぎた二人の間には、すでに五人の息子と二人の娘がいる。上から順に、木梨軽《きなしのかるの》皇子《みこ》、名形大娘《ながたのおおいらつめ》皇女、坂合黒彦《さかあいのくろひこ》皇子、穴穂《あなほ》皇子（第二十代　安康《あんこう》天皇）、軽大娘《かるのおおいらつめ》皇女、八釣白彦《やつりのしらひこ》皇子、そして、大泊瀬幼武《おおはつせのわかたけ》皇子（第二十一代　雄略天皇）。

西暦四三七年（丁丑）七月、瑞歯別《みつはわけ》天皇（第十八代　反正《はんぜい》天皇）が逝去した。即位して五年、正式な皇后も皇太子も定めていない。残されたのは、和珥《わに》の木事臣《こごとのおみ》の娘二人が産んだ、三人の皇女と一人の皇子だけ。

次の天皇はどうするのか。重臣達が集まり、協議を始める。

「前の天皇の皇子二人は、まだ幼い。即位は無理だ」

これは、去来穂別《いざほわけ》天皇（第十七代　履中《りちゅう》天皇）と皇妃黒媛の息子、磐坂市辺押《いわさかのいちのへのおし》磐《は》皇子と御馬《みま》皇子のこと。

「大鷦鷯天皇（第十六代　仁徳天皇）の皇子が、あと二人残っているではないか」

この二人は、雄朝津間稚子宿禰皇子と、日向髪長媛《ひゅうがのかみなが》が産んだ大草香皇子《おおくさか》。

「雄朝津間稚子宿禰皇子の方が年長で、人格者でもある。次の天皇は、雄朝津間稚子宿禰皇子で決まりだろう」

彼らは互いに顔を見合わせ頷きあった。

「だが、皇子は目立つことを嫌うお方。兄上が亡くなったから即位しようなど、望まれるだろうか」

憂慮する声には、別の声が応える。

「我等の方から願い出るしかない。礼を尽くして即位をお願いしよう」

こうして、重臣達の意見は一致した。彼らは、吉日を選んで天皇の御璽《みしるし》を持参し、即位を願い出ることにした。

彼等の動きは、その雄朝津間稚子宿禰皇子の元へも伝わっている。

何を今さら。それが、皇子の率直な思いだ。

人の運命は、わからない。

大鷦鷯天皇（仁徳天皇）が逝去すると、三人の兄達の運命も変わってしまった。三つ星のように輝いていた兄達。ともに競い合い、揃って優秀だった三人。だが次の天皇になれるのは、皇太子である長男一人。

兄の命を受け、使者として黒媛の寝所を訪れた次男に、最初から謀叛の心があったわけではない。皇太子の来訪だと思い違いしたのは、黒媛の方だ。

「皇太子さま？」

暗い帳《とばり》の中から呼びかける、恥じらいを含んだ甘い声。従姉妹でもある可愛い黒媛。

何か考えがあったわけではない。むしろ頭は空っぽになった。ただ甘い声に吸い寄せられ、膝をついて帳の裾を持ち上げる。手頸に巻いた鈴飾りをはずし、そっと床に置いた。衣擦れの音とともに近づく香り。差し伸べた指に肌が触れる。皇子はそのまま抱き寄せ、天皇の妃になる姫君に手を付けてしまった。

すべて成り行き。夢の中のよう。外した鈴も忘れて帰った。

翌日、正式に寝所を訪れた皇太子は、床に残された鈴飾りを見て、弟がしたことに気づいた。制裁を恐れた弟は、殺されるくらいならと兄を襲う。言わば、やけくそ。自分の信奉者を引き連れて、兄の屋敷に火を放つ。

三人の重臣に助け出された、長男。命まで狙われては、覚悟を決めざるを得ない。慌てて駆け付けた三男に、彼は選択を迫る。次期天皇である自分側に付くのなら、忠誠の証として次男を殺せ、と。追い詰められた三男は刺客を放ち、次兄を殺させた。

そして即位した長男が、去来穂別天皇（第十七代　履中天皇）。その皇太子となった三男は、瑞歯別天皇（第十八代　反正天皇）。弟を討たせた天皇の治政は四年余りと短く、兄を殺した天皇の治政も六年に満たず、次期天皇にふさわしい皇子も残せなかった。

そして今、生き残った四番目の皇子が、重臣達に即位を要請されている。

黙って話を聞いていた雄朝津間稚子宿禰は、静かに言った。

「私は、そのような器ではない。幼い頃から身体が弱く、兄達から軽蔑されていた。その軟弱さを父に責められたこともある。皆も知っているではないか」

「それは昔の話でございます。今では人格者として知られ、皆の尊敬を集めておいでです」

「昔の話ではない。私の病は、いまだ完治していない。すぐに風邪をひき、腹を下す。昔と何も変わっていない」

皇子は続ける。

「天下は大きな器。天皇の位は、大いなる業《わざ》。民の親となって治める者は、賢き聖者がなるべきである。愚かな私を選んでどうする。もっと賢い王を選んで立てよ。私は辞退する」

彼等は、なおも拝み、願う。

「天皇の位に空きの期間があってはなりません。天命は譲ったり拒んだりするものではありません。天皇になるべき方が、天命をお受けにならなければ、民達の望みは絶えてしまいます。どうか、ご苦労でしょうが、天皇の位におつきください」

「国家を統治するのは重大事。病弱な私には、荷が重すぎる」

「皇子様が天皇の位を受け継がれることが、最もふさわしいことです。民達も家臣達も皆そう思っております。どうか、お受けくださいませ」

そろってひれ伏して願うが、皇子は固辞するばかり。

「ご承諾いただけるまで帰りませぬ。どうかお考え直しください」

そう言って別室へ下がる重臣達の姿を目で追いながら、皇子の口からため息がもれる。

その時、背後から声がかかった。

「即位なさらないの？」

妃の忍坂大中姫だ。彼女は、夫と重臣達のやり取りを、陰で見守っていた。

「今さら」

と、皇子は苦笑する。

「優秀だった兄達が三人ともいなくなり、重臣達も困ったのであろう。この出来損ないの私に即位を願い出るとは、背に腹は代えられぬということか」

夫の自虐的な言葉は聞き流し、大中姫は真剣な顔で言った。

「あなたが即位しなければ、大草香皇子に話がいくでしょう。妃が産んだ弟が即位しても、よろしいのですか?」

「構わぬ。早死にすると思われていた私が生き延びて、立派な子供達もたくさん授かった。このまま平穏無事に暮らしていければ十分だ」

なおも話を続けようとする妻を、皇子は片手を上げて遮った。

「この話は、終わりだ。私の心は変わらぬ」

大中姫は納得できない。

ようやく機が熟したというのに、何故夫は即位しようとしないのか。重臣たちの願いに、何故応えようとしないのか。あまりに不甲斐ないではないか!

夫の心を変えるには、どうしたらよいのか。彼女は必死で考えるが、妙案など浮かばない。ひたむきに訴えるしかない。そして、彼女は侍女に命じた。

「大きな椀に水を満たして、ここへ持て!」

「はいっ」

勢いに押された侍女が、その意図もわからぬまま、水をなみなみと満たした大きな椀を運んでくる。彼女は庭に降り、夫の面前にひざまずくと、その大椀を自らの頭上に高く掲げ、よく通る声で願い出た。

「大王様は固辞されて即位されず。空位となったまま時が流れ、群臣も民達も皆なす術《すべ》もなく憂えております。どうか皆の願いを聞き入れ、無理でも天皇の位にお就きくださいませ」

皇子は、黙って背を向ける。大袈裟な。芝居がかったことをしおって。兄達も死んだ。苦労することは、目に見えている。なりたくないものは、なりたくない。

大中姫は大椀を捧げたまま、動こうとしない。十二月のことだ。冷たい風が激しく吹き付ける。寒さと重さに身震いすれば、冷たい水が彼女の上に零れ落ちた。だが、その鬼気迫る表情に、誰も止めることができない。

沈黙に耐えられなくなった皇子が立ち去ろうとした時だった。

「皇妃様！」

皆の叫び声と、からからと椀が転がる音。

思わず振り向けば、地面に倒れた妻の姿。皇子はあわてて庭に降り、その身体を抱き起こした。彼女の身体は冷え切り、その一部は濡れている。

冷たい髪に頬を寄せ、皇子は苦し気に告げた。

「天皇の位はとても重いもの。簡単につけるものではない。だからこそ、固辞しているのだ」

夫の腕の中から見上げ、大中姫は訴える。

「あなた以外の誰に務まるとお思いですか。どうか逃げないでください。これは、天命なのです」

紫色に震える唇。皇子は妻を抱きしめた。

「わかった。群臣の要請も理のないことではない。もう断らぬ」

控えていた重臣達も戻り、遠巻きに見守っている。彼等に目をやり、大中姫は告げた。

「大王様は、皆の願いを聞き入れてくださった。天皇の神器を献上せよ」

彼等は大いに喜び、その日のうちに神器を捧げて改めて願い出る。

皇子は、ついに覚悟を決めた。

「群臣も民も、天下のために私に即位を願い出る。どうしてこれ以上拒むことができようか」

　そして、天皇になることを承諾した。

　翌年二月十四日、天皇は、忍坂大中姫を皇后とし、彼女のために刑部《おさかべ》を定めた。皇后になった彼女は、かつて野蒜を摘ませた男を探させた。屋敷の庭を覗き込み、馬上から命令した、あの無礼な男である。探し出された男は、闘雞国 造《つげのくにのみやつこ》であった。

「お前は、皇后である私に無礼を働いた。死んで詫びよ」

　男は恐れ慄《おのの》き、地面に頭を擦り付けて詫びる。

「私がしたことは、まさに死罪にあたる罪。しかし、その時には、このように高貴な方とは存じ上げなかったのです。どうか、命だけはお助けください」

　皇后は死刑を赦し、国造の位を剥奪し、下の位の稲置《いなぎ》とした。


　即位して三年目の一月、長い間虚弱体質に悩んでいた天皇は、新羅に人を遣わし、医薬に優れた者を探させた。

それを知った新羅王は、同年八月、多くの貢ぎ物と一人の大使を日本に遣わした。金波鎮漢紀武《こむはちむかむきむ》という大使は、医薬に詳しい。彼が調合した薬を服用すると、天皇の体調は目に見えて良くなっていく。天皇は大変喜び、新羅に帰る大使に厚く褒賞を与えた。

天皇と皇后の間には、さらに但馬　橘　大　娘《たじまのたちばなのおおいらつめ》皇女が生まれる。

即位四年九月九日、天皇は詔を出した。

「昨今、自らの素性を偽る者、誤って素性がわからなくなってしまった者、勝手に高貴な氏を名乗る者などが横行している。世が乱れ落ち着かないのは、このためか。私はこの乱れを正すべきと考える。皆の者、どうすべきか話し合って報告せよ」

群臣は、声を揃えて言う。

「天皇様、誤りを指摘し、間違いを正して氏姓を定めれば、我等は従います」

天皇は納得せず、さらに詔を出した。

「群臣も各地の国造達も皆口々に言っている。『私も天皇家の末裔かも。天下った者の子孫かも』と。しかし、天地人が分かれて以来、すでに多くの歳月が過ぎている。一つの氏《うじ》の子孫が多くの姓《かばね》となっている。その真実を明らかにすることはもはや難しい。よって、諸々の氏姓を名乗る者達は、沐浴斎戒《もくよくさいかい》して、探湯《くがたち》せよ」

そして、味橿岡《うまかしのおか》の辞禍戸崎《ことのまがえのさき》に探湯瓮《くかへ》を据えて、天皇は告げる。

「正しき者は火傷せぬ。偽る者は必ず傷を負う」

人々は白い木綿の襷をかけ、熱湯がたぎる鍋の前に並ばされた。真実を述べる者は火傷を負わず、偽りを述べていた者の手はただれる。身分を偽っていた者達は怖気づき、鍋に手を入れることもなく、自ら身を引いた。これより後、氏姓は定まり、身分を偽る者もいなくなった。

即位五年七月十四日夕刻、地震が起きた。

先代の瑞歯別天皇（反正天皇）の遺体は、まだ陵《みささぎ》に納められず、殯宮《もがりのみや》にある。殯の責任者に任命されていたのは、玉田宿禰《たまだのすくね》。彼は葛城襲津彦の息子で、天皇の叔父でもある。地震の被害を案じた天皇は、尾張《おわりの》 連《むらじ》吾襲《あそ》に殯宮の様子を見に行かせた。

殯宮には多くの人が集まっていたが、玉田宿禰の姿は見当たらない。吾襲は天皇の元に戻り、見たままを報告した。

「殯宮は無事でしたが、玉田宿禰殿はいませんでした」

そこで天皇は、また彼に命じる。

「葛城の屋敷へ行き、玉田宿禰がいないか見て参れ」

吾襲が葛城の屋敷へ行くと、玉田宿禰は男女を集め、宴会の真っ最中。酒を飲み、おおいに騒いでいる。

「玉田宿禰殿！」

「おう、吾襲ではないか。どうした」

「どうしたではありません。先ほどの地震で天皇様の命を受け、殯宮が無事か確かめに行ったところ、玉田宿禰殿がいないではありませんか。こちらの屋敷を見に行くよう、再び命じられてきたところです」

赤い顔の玉田宿禰も、さすがにまずいと気が付く。

「吾襲よ、報告するのは待ってくれ」

「そう言われましても。天皇様のご命令ですから」

「そうだ、馬をやろう。これで見逃してくれ」

押し切られた吾襲が一人で屋敷を出ると、玉田宿禰は家臣に後を追わせ、途中で襲って殺させた。玉田宿禰自らは、祖父である武内宿禰の墓に身を隠す。

話を聞いた天皇は、すぐに玉田宿禰を呼び出した。天皇に呼ばれては、行かざるを得ない。制裁を恐れた玉田宿禰は、衣の下に鎧《よろい》をつけて参上する。

「お呼びでしょうか」

衣の裾から覗くのは、慌てて着込んだ鎧の端か。天皇は、素知らぬ顔で言った。

「殯宮の大夫《かみ》、大義であった。地震の影響を尋ねたくて呼んだのだ。まあ、酒を飲め」

そして、一人の采女《うねめ》に酒を持たせ、玉田宿禰の衣の内を見るよう言いつけた。采女は酒を注ぎながら衣の中を覗き込み、下に鎧をつけていることを報告する。天皇は、兵を呼び、玉田宿禰を殺すよう命じた。

危険な気配を感じた玉田宿禰は密かに逃げ出し、自らの屋敷に身を隠す。天皇は、兵を増やして玉田宿禰の屋敷を取り囲み、彼を捕らえて天誅を下した。殺された玉田宿禰には、円大臣《つぶらのおおおど》という息子と、吉備稚媛《きびのわかひめ》という娘がいた。

その年の十一月十一日、瑞歯別天皇（反正天皇）を百舌鳥野耳原《もずののみみはら》の陵に葬った。

即位七年十二月、新しく建てた宮殿で、天皇は宴会を催した。

新羅の薬で体質が変わってから、天皇は健康になり、気力が漲っている。内側から力が沸き立つ感覚を楽しみながら、琴を手に取り、爪弾き始める。

「皇后よ、舞われよ」

そう声を掛けられ、大中姫は立ち上がって舞い始める。この頃流行っていたのは、宴で舞った者が、最も上座にいる者に「乙女を奉る」と申し出ること。それは知っていたが、舞い終わった皇后は、何も言わずに座った。

「なぜ、いつもの礼を尽くさぬ」

天皇に詰問され、皇后は再び立って舞い始める。そして最後に申し上げた。

「乙女を奉る」

天皇は破顔一笑。嬉しそうに問い返す。

「奉る乙女は誰か。名を告げよ」

皇后の唇に力が入る。言いたくない。だが皆が見ている。

仕方なく口を開く。

「私の妹、名は弟姫《おとひめ》」

若く美しい妹、弟姫。体力がついた夫は、妹を得たがっている。そのために皇后である私を宴の席で舞わせ「妹を献上する」と言わせた。それは本意ではないけれど、元は私が願ったこと。夫が天皇になることも、身体が丈夫になることも。

皇后の言質《げんち》を得た天皇は、翌日には、坂田の母親の屋敷にいる弟姫に、召喚の使者を遣わした。だが弟姫は、姉である皇后の心情を思い、参上することができない。天皇はさらに七回使いを出したが、弟姫は固辞するばかり。

ついに天皇は、中臣烏賊津使主《なかとみのいかつおみ》を呼び出した。

「皇后が奉った弟姫は、幾度召喚しても参上しない。そなた坂田の屋敷へ行き、弟姫を連れて参れ。もし連れて来られたならば、必ず篤く褒美を与える」

そう命を受けた烏賊津使主は、干した飯の包みを懐に入れ、弟姫の元へ向かう。

「姫様、天皇のご命令です。宮殿へおいでください」

庭に伏して訴える彼に、弟姫は答える。

「天皇様のご命令をないがしろにしているわけではありません。ただ、姉である皇后の心を傷つけたくないのです。姉は天皇様を愛し、今も赤子を身ごもっています。私は天皇様のご命令に従わぬ以上、殺されても仕方がないと覚悟しております。それでも天皇様の元へ参ることはできません」

美しいだけではない。なんと心優しい乙女だろう。

密かに感服しつつ、烏賊津使主は顔を伏せたまま訴える。

「私も、姫様をお連れするよう、天皇の命令を受けました。命令に背けば、必ず処罰されます。同じ死ぬならば、私は天皇の命令に従いながら、ここで死にます」

それから七日間、彼は庭の中で座り続け、運ばれた食事にも手をつけなかった。懐に入れた干飯を密かに口にしていることは、誰にも気づかれていない。

召喚命令を拒んだ上、天皇の忠臣を飢え死にさせようとしている。そう思うと、弟姫はいてもたってもいられない。ついに彼女は、庭で伏す烏賊津使主に言った。

「わかりました。天皇様のもとへ参ります」

「本当ですか！」

「あなたのような忠臣を死なせるわけにはいきません」

覚悟を決めた弟姫を連れ、烏賊津使主は春日までたどり着く。それから櫟井《いちい》の坂の上で食事をとった。彼女は烏賊津使主に酒を注ぎ、慰労の言葉をかける。

「御苦労でした」

美しく優しい乙女。皇后がいる宮殿に住まわせるのは、不憫に思えた。烏賊津使主は、倭直吾子籠《やまとのあたいあごこ》の家に彼女を預け、一人宮殿に戻って報告する。

天皇は大変喜び、烏賊津使主を褒め称え、厚く褒賞を与えた。だが、出産間近の皇后の顔はこわばり、顔色もよくない。天皇もさすがに弟姫を宮殿に入れることは憚られる。そこで、藤原の地に別邸を建て、弟姫はそこに住まわせることにした。

藤原の宮ができた日、皇后は産気づき、赤子を産もうとしていた。けれども、この日を待ち望んでいた天皇は、喜び勇んで弟姫に会いに出かけて行った。それを知った皇后の胸は、怒りと悲しみで一杯になる。

「ひどいではありませんか！　命がけで赤子を産んでいる私を置いて、どうして妹の所へ行ったのですか！　もう私など、死んでもよいとお思いなのですね！」

そう叫びながら、産殿《うぶどの》に火をつけようとする。侍女たちが慌てて止め、すぐさま藤原に使いが走った。

知らせを受けた天皇は大いに驚き、急いで宮殿へと戻った。

「私が悪かった」

泣き崩れる皇后をなだめ、あれこれと気を使い、機嫌を直すよう努める。この時生まれた九番目の赤子が、二人の最後の子供になる。

即位八年二月、天皇は藤原の宮に出かけ、物陰から弟姫の様子を窺う。この夕刻、弟姫は天皇を思いながら一人で過ごしていた。彼女は天皇が近くにいることを知らず、歌を詠む。

我が夫子《せこ》が　来《く》べき夕なり　ささがねの　蜘蛛の行い　是夕著《こよいしる》しも
（私の愛する人が来そうな夕べ　虫を待つ蜘蛛のように　今宵は特に待ち遠しい）

天皇は、この歌を聞いて愛おしさで胸が一杯になり、歌を返した。

ささらがた　錦の紐を　解き放《さ》けて　数《あまた》は寝ずに　唯《ただ》一夜のみ
（ささら模様の錦の紐を解き放とう　幾夜も過ごせずとも　唯一夜だけでも）

翌朝、天皇は井戸の傍の桜の花を見ながら、歌を詠む。

花ぐはし　桜の愛《め》で　同愛《ことめ》でば　早くは愛でず　我が愛づる子ら
（美しい桜を愛す　同じ愛するならば　早く愛すればよかった　愛する姫も）

その歌を伝え聞いた皇后は、また大いに恨まれる。

天皇は、大伴室屋連《おおとものむろやのむらじ》を呼んだ。

「私はこの頃美しい乙女を得た。皇后の妹だ。私はとりわけ愛おしいと思っているのだが、皇后が妬むので思うように愛することができない。せめて、この思いを後の世まで残したい。何かよい方法はないか」

「弟姫様のために、藤原部《ふじわらべ》を定められてはいかがでしょうか」

その提案により、天皇は諸国の国造に命じて、藤原部を定めさせた。

姉の怒りを伝え聞いた弟姫は、天皇に申し出る。

「私は、宮殿の近くで昼も夜もずっと天皇様を見ていたい。でも、皇后は私の姉。私のせいで天皇様を恨み、私のために苦しんでいます。私は、藤原宮を離れ、もっと遠い所にいたいと思います。皇后の嫉妬が少しでも和らぐならば」

天皇は、河内の茅渟《ちぬ》に新しい宮を建て、弟姫を住まわせた。そして、彼女に会う口実として、近くの和泉《いずみ》の日根野《ひねの》に狩りに出かけるようになった。

九年二月、茅渟宮に行幸する。

同年八月、茅渟宮に行幸する。

同年十月、茅渟宮に行幸する。

十年一月、茅渟宮に行幸する。


皇后は、天皇に言った。

「私は、弟姫を妬んでいるのではありません。ただ、天皇様が頻繁に茅渟宮に行幸されることは、民達の負担になっているのではありませんか。どうか、もう少しお控えくださいませ」

そう言われては、天皇の茅渟宮への行幸も滅多にできなくなる。


十一年三月四日、天皇は久しぶりに茅渟宮に行幸する。弟姫は詠った。

とこしへに　君に会へやも　いさな取り　海の浜藻の　寄る時時を
（いつ会えるかはわからないのですね　海の浜藻が打ち寄せる時というように）

天皇は弟姫を愛おしく思いながら、言った。

「今の歌は、他の人には聞かせるな。皇后の耳に入れば、きっとまた大いに恨むだろうから」

この話を聞いた人々は、浜藻のことを「名乗りもそ」と呼んだ。


十四年九月十二日、天皇は淡路島で狩りを行った。

大鹿や猿、猪は山谷に満ち、その声や気配で山全体がざわめいている。だが、終日狩りを行っているのに、何一つ得ることができない。

不思議に思った天皇が狩りを止めて占わせると、島の神が告げた。

「獲物を得られないのは、私の心だ。明石の海の底に真珠がある。その真珠を私に奉れば、すぐに獲物を得られるだろう」

天皇は、すぐに各地の海人を集め、明石の海を探らせた。海は深く、底までたどり着ける者はなく、皆が諦めかけたときだった。

「島の神が天皇様に告げられたこと。私が参ります！」

そう叫んだのは、阿波国《あわ》の長邑《ながむら》の海人で「男狭磯《おさし》」という男。彼は、自分の腰に縄を結び、そのまま海の底へと潜っていく。

皆が見守る中、やがて浮き上がってきた彼は、大きく息を継ぎながら言った。

「海の底に大鮑《あわび》がいて、そこだけ光っていました」

船上で待ち構えていた人々は、大興奮。

「島の神が求めておられる真珠は、その鮑の中にあるに違いない！」

男狭磯は力の限り息を吸い、再び海中へと消えていく。そして、ゆらゆらと浮かび上がってきたとき、胸元に大きな鮑を抱いたまま、彼の息は絶えていた。

大鮑の中には、本当に桃の実ほどの大真珠。その真珠を島の神に捧げ祀ると、天皇の狩りの間中、多くの獲物が獲れた。

改めて縄をおろして測れば、海底まで六十尋（約百メートル）もある。勇敢な男狭磯の死を悼み、人々は墓を作って手厚く葬った。

翌年三月七日、天皇は、長男である木梨軽皇子を皇太子にした。

天皇と皇后の間に生まれた九人の子供達は皆美しく、最も美しい皇子が木梨軽皇子だった。その気品に満ちた美貌は、傷一つない玉のように、多くの人の心を虜にしてきた。そして、最も美しい皇女が、皇太子の妹の軽大娘皇女。木梨軽皇子は、この妹をずっと思い続けていた。

だが、同じ母親から生まれた兄妹が愛し合うことは、重大な罪。決して許されない。他の女性を愛することもできず、妹への思いを抑えることもできず、その苦しさは、このまま死ぬのではないかと思うほど。

ついに木梨軽皇子は、妹に告白した。

「私は、お前が愛しくてたまらない。この苦しさで死ぬのなら、たとえ罪でも、お前と愛し合いたい」

美しい兄を慕っていたのは、軽大娘皇女も同じ。彼女は、兄の思いを受け入れた。罪の重さに怯えながら。妹を愛しつつ、兄は詠う。

あしひきの　山田を作り　山高み　下樋《したひ》を走《は》せ　下泣きに　我が泣く妻　片泣きに
　我が泣く妻　今夜こそ　安く膚《はだ》触れ
（山に田を作れば　樋を走らせ水を引く　私の心を受け入れ　罪の重さに泣く妻よ
一人泣く私の妻よ　今夜こそ　重荷を忘れて心のままに愛し合おう）

　次の年の六月、宮殿で出された御膳の汁が濁り固まった。天皇は怪しく思い、その理由を占わせた。占った者が申し上げる。

「宮殿の中で乱れが起きています。おそらく近親相姦でございます」

　驚く天皇に報告する者がいる。

「木梨軽太子が、軽大娘皇女の元へ通っています」

　天皇に呼び出された太子は、罪を認めた。

「本当のことです。許されぬ人を愛する苦しさは、父上もご存じのはず。何度も諦めようとしました。でも、妹を思う気持ちは抑えられませんでした」

　天皇は言葉を失った。なんということだ。子供達の中でも、とりわけ美しい二人が、このような罪を犯すとは。しかも、木梨軽皇子は皇太子。

大切な皇太子を守るため、天皇は軽大娘皇女を伊予に移した。


翌年（西暦四五三年）一月十四日、天皇は崩御した。

新羅の王は、多くの品物を持たせた弔問使節団を派遣した。長年苦しんできた虚弱体質から救ってくれた新羅を、天皇は信頼し、大切にしてきたから。

使節団の一行は、対馬に停泊したところで慟哭の声を上げ、筑紫に着いたときも慟哭した。白い麻の喪服姿で楽器も携え、難波の港から宮殿にいたるまで、悲しみの声を上げ、歌い舞いながら進み、遺体が安置してある殯宮へと参拝した。

二　穴穂《あなほ》天皇（第二十代　安康《あんこう》天皇）

西暦四五三年一月十四日、雄朝津間稚子宿禰天皇（第十九代　允恭天皇）が崩御した。皇太子の地位にあるのは、長男である木梨軽皇子。美貌で愛されてきた皇子だが、妹との近親相姦が知れ渡り、人々の心は離れてしまっていた。

罪に汚れた皇子の即位を、群臣も民達も望まない。人々が即位を望んだのは、三男である穴穂皇子。彼を即位させようという動きに、木梨軽皇子は我慢ができない。愛する妹は、伊予に流された。心を引き裂かれ、その上、位も奪われるとは。

同年十月十日、亡くなった天皇を河内の長野原陵に葬り、葬礼の儀式が終わった。穴穂皇子の即位を求める動きは勢いを増している。こうなっては、弟を殺すしかない。木梨軽皇子は密かに兵を集め始め、知らせを受けた穴穂皇子も戦いを覚悟する。

木梨軽太子の兵が準備したのは、「軽矢《かるや》」と呼ばれる銅の矢。穴穂皇子の兵が使ったのは、「穴穂矢《あなほや》」と呼ばれる鉄の矢。圧倒的な武力の差に加え、群臣達が味方したのは、穴穂皇子の方だった。味方を失いながら、木梨軽皇子は逃げていく。ようやく逃げ込んだのは、物部大前宿禰《もののべのおおまえのすくね》の屋敷。追ってきた穴穂皇子の軍が、その周りを取り囲む。

門の前に出て穴穂皇子を出迎えた大前宿禰は、深々と頭を下げた。

「皇子様、お願いです。兄君に兵を向けないでください。太子様は、私が必ずお連れします。どうか兵を引いてください」

穴穂皇子とて兄を殺したいわけではない。重臣の願いを受け入れ、その場から兵を引いた。

木梨軽皇子は、即位を諦めた。今や思うのは、伊予に流された愛しい妹のことだけ。魂が抜けたように、西の空を眺めて過ごしている。彼は口ずさむ。

天飛ぶ軽の乙女　いた泣かば　人知りぬべし　波佐の山の鳩の　下泣きに泣く
（軽大娘よ　どれだけ泣いたら　人は知るのだろう　山鳩が鳴くように　忍び泣いていたことを）

思い妻あわれ　槻弓《つきゆみ》の臥《こ》やる臥やりも　梓弓《あずさゆみ》起《た》てり起てりも　後も取り見る　思い妻あわれ
（私が愛する妻よ　可哀そうに　寝ても覚めても　ずっと思い続けている　私が愛す

る妻よ　可哀そうに）

木梨軽皇子の処刑を主張する声もあったが、穴穂皇子は兄を伊予に流した。伊予で再会した二人は思いを断ち切れず、衆人環視の中で罪を重ねることも耐えられず、ついに共に死を選んだ。

十一月、雄朝津間稚子宿禰天皇（第十九代　允恭天皇）が逝去してから葬礼の行事に参列していた新羅の弔問使節団が、役目を終えて帰国することになった。

一行が滞在していた館は、耳成山《みみなしやま》と畝傍山《うねびやま》に近かった。彼等は、美しい山を眺めては愛でていた。そして帰り道、都から難波の港へと向かう途中、琴引坂《ことびきざか》で振り返り、名残《なごり》を惜しんで言った。

「うねめはや。みみはや」

彼等は、耳で聞いたまま言ったのだ。「畝傍はや、耳はや」と。しかし、一行に従っていた倭飼部《やまとのうまかいべ》は、この言葉を聞いて「采女《うねめ》にたわけた」と誤解し、穴穂皇子

（第二十代　安康天皇）の弟である大泊瀬皇子（第二十一代　雄略天皇）に報告した。

報告を受けた大泊瀬皇子は、激怒した。すぐさま新羅の一行を捕らえ、尋問を行う。彼の気性の激しさは有名で、それは彼等も知っている。弔問に来て、無実の罪で殺されてはたまらない。帰国は目の前。一行は、必死で申し開きをする。

「何を言われますか。采女を犯したことなどありません。我等はただ、都の傍の二つの山を愛で、名残おしくて言ったまで」

結局、彼等の言い分が認められ、許された一行は、難波より船に乗って祖国へ帰って行った。それでも新羅は、この無礼と屈辱を大いに恨み、献上の品数や船の数を大幅に減らすことになる。

十二月十四日、穴穂天皇（第二十代　安康天皇）の即位が決まった。母親の忍坂大中姫は、皇后から皇太后となった。石上《いそのかみ》に遷した都は、穴穂宮という。

大泊瀬皇子（雄略天皇）には、いまだ妻がいない。美しい韓媛《からひめ》に娘を産ませていたが、彼女の父親である円大臣は、韓媛を手元に置いており、生まれた姫君は伊勢の大神に仕えていた。

弟のために天皇は、瑞歯別天皇（第十八代　反正天皇）の三人の皇女達にも声をかけるが、従姉妹にあたる彼女達も揃って固辞する。

「大泊瀬皇子様は、常に荒々しく強くあられます。突然激怒され、朝機嫌を損ねた者は夕方には殺され、夕に機嫌を損ねた者は翌朝には殺されているほど。私達は容姿端麗でもなく、立ち居振る舞いや気遣いも万全とは言えません。少しでも意に添わなければ殺されかねないのに、どうしてお傍で暮らせましょう」

彼女達の言葉の通り、大泊瀬皇子の気性はあまりに激しく、皆怯えて妻になろうとはしない。


西暦四五四年、甲午《きのえうま》の年。即位元年となるこの年二月、天皇は、妻を得られぬ弟、大泊瀬皇子を不憫に思っていた。

「母上、若い娘達は、弟を怖がり誰も来てくれません。いっそ、大草香皇子の妹君、草香幡梭皇女《くさかのはたびのひめみこ》を迎えてはいかがでしょう」

大草香皇子と草香幡梭皇女は、大鷦鷯天皇（第十六代　仁徳天皇）が四十歳を過ぎてから日向髪長媛を妃として生まれた兄妹。草香幡梭皇女は、黒媛を亡くした去来穂別皇子（第十七代　履中天皇）の皇后となったが、すぐに天皇が逝去し、日下の兄の家に引き取られて中蒂姫《なかしひめ》という皇女を産んでいた。

それからずっと兄の家で守られて過ごしてきた彼女達親子。娘の中蒂姫は、伯父にあたる大草香皇子の妻となり、眉輪王《まよわ》を産んだ。三十代となった草香幡梭皇女には、何事も受け入れて生き抜いて来た大人の女性の風格がある。

「彼女はもう子供を産めぬかもしれぬ」

「弟の激情を恐れず受け入れてくれるのは、彼女しかいないでしょう。子供は、他の妃が産めばよい」

母親の大中姫も納得するところがある。

「年上と言っても、私よりは十も若い。短い間とは言え、皇后の地位にいた女性。あの子も粗末にはするまい。当たってみよ」

そこで、坂本臣《おみ》の祖となる根使主《ねのおみ》を派遣し、大泊瀬皇子の妻としたい」

「願わくは、草香幡梭皇女を得て、大泊瀬皇子の妻としたい」

話を聞いた大草香皇子は慎んで承る。

「私は、この頃病が重く、治癒の見込みがありません。死ぬのは私の寿命ですから、それは惜しいと思いません。ただ、一人残される妹の草香幡梭皇女のことだけが、心配でした。すでに若くもなく、特別器量がよいわけでもない。けれども安直には嫁がせられず、家に留めておりました。そんな妹のことを心にとめていただき、大泊瀬皇子様の妻にと望んでくださったこと、天皇様のご配慮に心より感謝いたします。どうぞ妹のこと、よろしくお願いいたします」

そして、奥より一つの冠を持って来た。金色の立木が並び、その枝は色とりどりの宝石で飾られている。あまりの美しさと豪華さに、根使主は目を見張った。

「これは我家の家宝、押木珠縵《おしきのたまかずら》と申します。私共の感謝と真心の徴《しるし》として、どうか天皇様にお届けください」

これほど素晴らしい冠は見たことがない。震える手で受け取った根使主は、その美しさに魅了され、どうしても欲しくなった。そして、天皇には偽りの報告をした。

「大草香皇子は、天皇様の命令を承ることなく、私に言いました。『同族とは言え、どうして私の妹を、乱暴な皇子の妻にできようか』と」

　預かった押木珠縵は献上せず、自分の物にした。根使主の言葉を信じた天皇は、大いに怒った。すぐさま兵を起こし、大草香皇子の家を襲わせ、彼を殺してしまった。

　難波吉師日香蚊《なにわのきしひかか》は側近として、息子二人とともに大草香皇子に仕えていた。殺された主君がいたわしく、父子は遺骸に取りすがる。父親は皇子の頭を抱きよせ、息子二人は皇子の足を抱く。

「我が君、無実の罪で殺されること、なんと悲しいことだろう。我等父子三人、生きておられたときにお仕えした身。亡くなられた後も、お仕えいたします」

　そう言って、自ら首を切り、大草香皇子に寄り添って息絶えた。その様子に、兵達も皆悲しみ涙を流した。

　天皇は、残された草香幡梭皇女を大泊瀬皇子に与えるとし、大草香皇子の妻であった中蒂姫は自らの妃とした。

即位二年一月十七日。天皇は中蒂姫を皇后にした。

去来穂別皇子（第十七代　履中天皇）と草香幡梭皇女の間に生まれた中蒂姫は、天皇も幼い頃から知っている従妹。天皇は皇后を愛し、大切にした。大草香皇子との間に生まれた眉輪王も、母親への寵愛により、宮中に引き取られた。

三年八月九日、天皇は沐浴しようと山の別邸に出かけていた。眺めのよい高楼《たかどの》で酒を飲み、皇后中蒂姫の膝を枕に横になる。

「皇后よ、そなたと仲睦まじく暮らしながら、後を誰に譲るべきか、私は時々考えるのだ」

天皇は、心地よく酔っている。

「私にはまだ息子がいない。兄の坂合黒彦皇子と弟の八釣白彦皇子は優しすぎ、下の弟の大泊瀬皇子は激しすぎる。そなたの父上、去来穂別天皇（履中天皇）が逝去されたとき、市辺押磐皇子が幼かったため、弟である私の父までつないできたが、次は、市辺押磐皇子に戻すべきではないだろうか」

　そして、皇后の膝を撫でながら続ける。

「それに、私は眉輪王を恐れている。父親が私に殺されたと知ったら、眉輪王はどう思うだろう。私は、それが怖い」

　その時、少年だった眉輪王は、高楼の下で遊んでいた。天皇の言葉に衝撃を受けたが、すぐには身体が動かない。

　そのまま天皇が寝入ると、眉輪王は、高楼の下から飛び出した。

「眉輪王……」

「母上、先ほどの話は本当のことですか」

　皇后は、言葉が出てこない。

「父上は、この男に殺されたのですか！」

　止める間もなかった。眉輪王は太刀を取り、天皇の胸に突き立てる。

　天皇は、そのまま息絶えた。

三　大泊瀬幼武天皇《おおはつせのわかたけ》（第二十一代　雄略《ゆうりゃく》天皇）

大泊瀬皇子は、雄朝津間稚子宿禰天皇（第十九代　允恭天皇）の五番目の皇子。誕生した時には神々しい光が大殿に溢れた。激しい気性で恐れられているが、誰よりも逞しい美丈夫だ。

その大泊瀬皇子の元へ、大舎人《おおとねり》は走った。

「天皇様が眉輪王に殺されました！」

「何！」

大泊瀬皇子は大いに驚き、ただちに武装し、兵を率いて出発する。最初に向かったのは、すぐ上の兄、八釣白彦皇子の屋敷だ。

「天皇が眉輪王に殺された！　兄上、どうする！」

顔を真っ赤にして怒っている弟。その勢いに圧倒され、八釣白彦皇子は何も言えず、身動きもできない。

「殺されたのが天皇で、しかも兄だというのに、何故平然としている！」

大泊瀬皇子は怒り狂い、八釣白彦皇子を切り殺した。

続いて大泊瀬皇子は、上の兄、坂合黒彦皇子の屋敷へ向かう。その屋敷には、眉輪王が逃げ込んでいた。大泊瀬皇子は、仁王立ちで叫ぶ。

「眉輪王、出てこい！　兄上、何故かばう！　自分が天皇になりたいか！」

姿を現した坂合黒彦皇子は、何も言わない。激高した弟には、何を言っても無駄だろう。続いて現れた眉輪王は、大泊瀬皇子に言った。

「私は元より、天皇の位など求めておりません。ただ、父上の仇を討ちたかっただけです」

一旦中に戻った坂合黒彦皇子は、隙を見て眉輪王を連れて屋敷を抜け出す。二人が逃げ込んだ先は、葛城円大臣の屋敷。円大臣は、雄朝津間稚子宿禰天皇（允恭天皇）に誅殺された玉田宿禰の息子である。

二人を差し出すよう命じられ、円大臣は腹をくくった。

「家臣は王を頼り、大事があれば王の元へ逃げ込みます。王たる方が家臣の家に助けを求めて来られるとは、余程のこと。今、坂合黒彦皇子と眉輪王が、家臣である私を頼って来ています。そんなお二人を、どうして差し出すことができるでしょう」

その返事を受けた大泊瀬皇子は、兵を増やして大臣の屋敷を取り囲んだ。

大臣は庭に立ち、妻に持って来させた足結《あゆい》の紐《ひも》で衣の裾を縛り、覚悟の衣装を整える。夫を見つめる妻の心は、悲しみで破れそうだ。

衣装を整えた大臣は門を開け、外に向かって深々と頭を下げる。

「私は、罪を問われようと、あえてご命令には従いません。昔の賢人が言いました。卑しい人の志も奪うことはできない、と。まさに私のことでございます。伏してお願い申し上げます。かつて皇子様が縁を持たれた私の娘、韓媛と、この葛城の屋敷他七区画を献上いたします。どうかお二人の死罪だけはお許しください」

大泊瀬皇子は許さない。屋敷を囲む兵達に命じる。

「火をつけよ！　皆殺しにせよ！」

燃え盛る屋敷の中で坂合黒彦皇子は自害し、眉輪王と円大臣も焼け死んだ。坂合黒彦皇子に従っていた坂合部連《さかあいべのむらじ》贄宿禰《にえのすくね》は、黒彦皇子の身体を抱いたまま焼死した。皇子と贄宿禰の遺骨は、選り分けることができなかったため、一つにまとめて納められ、新漢《いまきのあや》の槻本の南の丘に葬られた。

眉輪王に殺された穴穂天皇（安康天皇）には子供がなく、男兄弟で残っているのは大泊瀬皇子（雄略天皇）のみ。ただ、市辺押磐皇子という人物がいた。

市辺押磐皇子は、去来穂別天皇（第十七代　履中天皇）の長男だが、即位していない。父天皇が逝去したときにはまだ幼く、天皇の位は、瑞歯別天皇（第十八代　反正天皇）、雄朝津間稚子宿禰天皇（第十九代　允恭天皇）、穴穂天皇（第二十代　安康天皇）へと移っていった。

成人した市辺押磐皇子は、品が良く温厚な人柄。彼の妻は荑媛《はえ》といい、葦田宿禰の孫娘。居夏姫、億計《おけ》王（第二十四代　仁賢天皇）、弘計《をけ》王（第二十三代　顕宗天皇）という三人の子供にも恵まれ、何不自由なく幸せに暮らしている。だから、自分から天皇の位を求めたこともない。

けれども穴穂天皇（安康天皇）は、次の天皇にふさわしいのは、自分の兄弟より市辺押磐皇子だと考えていた。坂合黒彦皇子と八釣白彦皇子は優しすぎ、大泊瀬皇子は激しすぎる。血筋から言っても、次は市辺押磐皇子に返すべきだろう、と。

　大泊瀬皇子が市辺押磐皇子を恨んでいたのは、そのせいだ。


「大泊瀬皇子殿が、共に狩りを楽しもうと誘われています」

　従者の言葉に市辺押磐皇子が顔を上げると、大泊瀬皇子が入ってきたところだ。

「近江の狭狭城山君韓帒《ささきのやまのきみからふくろ》が言っていました。今、近江の蚊屋野《かやの》には、猪や鹿が沢山いると。その角は枯れ木の枝に似て、脚は細い木々のごとし。その息は朝霧に似たり、と。一緒に蚊屋野へ行き、狩りを楽しみましょう！」

　親し気な笑顔、朗らかな声。大泊瀬皇子の激しい気性について噂は聞いていたが、幼い頃から知っている従兄弟でもある。眉輪王が成敗されたことも知っていたが、人がよい市辺押磐皇子は、誘いを断らなかった。

　そして、大泊瀬皇子について蚊屋野へ出かけ、それぞれに仮宿で休んだ。

早朝、まだ太陽が出きらぬ頃、市辺押磐皇子は馬に乗り、大泊瀬皇子の仮宿の前を通りかかる。

「大泊瀬皇子殿は、まだ起きておられぬか。夜があけますぞ。先に行きますぞ」

にこやかに声をかけ、先に進む市辺押磐皇子。その声を聞きつけた大泊瀬皇子の付き人は、すぐに主に言いつける。

「偉そうに申しておりました。お気をつけなさいませ」

飛び起きた大泊瀬皇子は、衣の中に鎧をつけ、弓矢を持って後を追う。すぐに追いつくと、馬上で弓を一杯に引いた。

「猪がいたぞ！」

そう叫ぶと、市辺押磐皇子の背に向かって矢を放つ。馬は驚き立ち上がり、背から射抜かれた市辺押磐皇子はそのまま地面へ落ちる。

「皇子様！」

随伴していた佐伯部売輪《さえきべのうるわ》は、慌てて駆け寄り皇子を抱き起こすが、すでに息はない。

「皇子様！　皇子様！」

あまりに突然のことで、どうしてよいかわからない。ただただ狼狽し、主君の頭を抱き、足元を抱き、動かぬ皇子に呼びかけ続ける。

「そやつも殺せ！」

大泊瀬皇子の命令で、佐伯部売輪も殺された。二人の遺体は刀で切り裂かれ、一緒に馬の飼葉桶に入れられ、浅く掘った土の中に埋められてしまった。

「大変でございます！」

逃げ帰って来た付き人が泣き叫ぶ。

「ご主人様が殺されました！　売輪殿も殺された！」

市辺押磐皇子の屋敷は大騒ぎだ。

「早くお逃げください。大泊瀬皇子は普通じゃない。何もしていない皇子様をいきなり射殺しました。天皇の血を引く皇子を一人残らず殺すつもりです！」

日下部連使主《くさかべのむらじおみ》は、すぐに息子である吾田彦《あたひこ》に命じた。

「億計王と弘計王をお守りしなければ！　大泊瀬皇子に襲われる前に出発するぞ！急げ！」

続いて、市辺押磐皇子の弟である御馬皇子《みまのみこ》に申し上げる。

郵便はがき

料金受取人払郵便

新宿局承認

2524

差出有効期間
2025年3月
31日まで
(切手不要)

1 6 0-8 7 9 1

1 4 1

東京都新宿区新宿1－10－1

(株)文芸社

愛読者カード係 行

お名前《ふりがな》			明治 大正 昭和 平成 年生 歳
ご住所《ふりがな》	□□□-□□□□		性別 男・女
お電話 番 号	(書籍ご注文の際に必要です)	ご職業	
E-mail			

ご購読雑誌(複数可)	ご購読新聞 新聞

最近読んでおもしろかった本や今後、とりあげてほしいテーマをお教えください。

ご自分の研究成果や経験、お考え等を出版してみたいというお気持ちはありますか。

ある ない 内容・テーマ( )

現在完成した作品をお持ちですか。

ある ない ジャンル・原稿量( )

書　名				
お買上 書　店	都道 府県	市区 郡	書店名	書店
			ご購入日	年　　月　　日

本書をどこでお知りになりましたか?

1.書店店頭　2.知人にすすめられて　3.インターネット(サイト名　　　　)

4.DMハガキ　5.広告、記事を見て(新聞、雑誌名　　　　)

上の質問に関連して、ご購入の決め手となったのは?

1.タイトル　2.著者　3.内容　4.カバーデザイン　5.帯

その他ご自由にお書きください。

(　　　　)

本書についてのご意見、ご感想をお聞かせください。

①内容について

②カバー、タイトル、帯について

弊社Webサイトからもご意見、ご感想をお寄せいただけます。

ご協力ありがとうございました。

※お寄せいただいたご意見、ご感想は新聞広告等で匿名にて使わせていただくことがあります。

※お客様の個人情報は、小社からの連絡のみに使用します。社外に提供することは一切ありません。

■書籍のご注文は、お近くの書店または、ブックサービス(0120-29-9625)、セブンネットショッピング(http://7net.omni7.jp/)にお申し込み下さい。

「御馬皇子様、すぐに安全な所へお逃げください。一緒に行動すれば目立ちます。大泊瀬皇子に気づかれる。我等は、分かれて逃げましょう」

そして、御馬皇子の手を取り、言った。

「くれぐれも気をつけて。どうかご無事で」

見守る飯豊皇女《いいとよのひめみこ》は、市辺押磐皇子の妹。あまりに突然の出来事に、呆然と立ち尽くしている。

「皇女様、申し訳ない。大泊瀬皇子が狙っているのは、天皇の血を引く男子。皇女様もお連れすると、人目につきます。一緒には行けません」

忠臣の言葉に、彼女は、ただうなずく。

「わかりました。どうか二人を守ってください」

急いで旅支度をすると、幼い二人を抱き、日下部連使主と吾田彦は、屋敷から抜け出ていった。

残された御馬皇子は、かねてより親しい三輪君身狭《みわのきみむさ》を頼ろうと、屋敷を出る。しかし、身狭の屋敷に着く前に、大泊瀬皇子の命を受けた兵士達に囲まれてしまった。三輪の磐井の傍で応戦するが、急いで出てきた身。長くは持たない。御馬皇子は、すぐに捕らえられてしまう。

命を奪われる直前、御馬皇子は井戸を指さし呪いをかけた。

「この水は、百姓のみ飲むことができる。王たる者は、飲むことはできぬ」


こうして、大鷦鷯天皇（仁徳天皇）の血を引く男系男子は、都から逃げ出した幼い兄弟を除き、大泊瀬皇子ただ一人になった。

十一月十三日、大泊瀬皇子は、泊瀬の朝倉に高御座《たかみくら》を設けて、即位を宣言する。大泊瀬幼武天皇（第二十一代　雄略天皇）である。都を定め、平群臣《へぐりのおみ》真鳥《まとり》を大臣とし、大伴連《おおとものむらじ》室屋《むろや》と物部連《もののべのむらじ》目《め》をもって大連《おおむらじ》とする。

皇后には、兄が心を配ってくれた草香幡梭皇女を迎えようと思った。彼女はまだ、日下の屋敷で暮らしている。大泊瀬皇子はさっそく、彼女の元へ向かった。

河内に抜ける山の上から見渡せば、屋根に堅魚木《かつおぎ》を上げている家がある。

「あの家は、誰の家だ」

天皇の問いに、地元の者が答える。

「志幾《しき》の大縣主《おおあがたぬし》の家でございます」

天皇の頭にかっと血が上った。

「縣主の分際で天皇の宮に似せた家を作りおって！　今すぐ焼き払え！」

命令を受けた者達が縣主の家を取り囲み、いきなり火をつけようとする。大縣主は震えあがり、天皇の前で地面に頭をこすりつけ、ひたすら懇願した。

「天皇様、深く考えることもなく、このような家を建ててしまいました。私の過ちでございます。大変申し訳ございません」

そして、家の者に合図する。

「珍しいものを献上いたします。どうかお許しください」

すると、背に布をかけた真っ白な犬が連れられてきた。とことこ歩く度、首輪につけられた鈴が鳴る。その凛々しくも可愛らしい姿に、天皇の怒りも和らぐ。

「わかった。今回は許す」

そして、その犬を連れて、草香幡梭皇女がいる日下の屋敷を訪ねた。

「これは、今日道中で得た珍しい物だ。そなたへの求婚の品とする」

ぶっきらぼうな言い方。草香幡梭皇女は、礼を尽くして応えた。

「わざわざ寄ってくださいましたこと、畏れ多いことと恐縮いたします。私は、すぐに参上し、天皇様にお仕えいたしましょう」


翌四五七年（丁酉《ひのととり》の年）三月三日、草香幡梭皇女を正式に皇后にする。

そして、葛城円大臣が献上を申し出た娘、韓媛を召して妃にした。かつて彼女が産んだ栲幡姫皇女は、伊勢大神の社に仕えている。妃となってから生まれた皇子は、後の白髪武広国押稚日本根子天皇（第二十二代　清寧天皇）である。

この後、天皇は、吉備稚姫と童女君《おみなぎみ》も妃にした。

吉備稚姫は、玉田宿禰の娘であり、元は吉備上道臣田狭《きびのかみつみちのおみたさ》の妻。彼女は、二人の皇子を産む。兄は磐城《いわき》皇子、弟は星川稚宮《おしかわのわかみや》皇子という。

童女君は、春日和珥臣深目《かすがのわにのおみふかめ》の娘で、元は天皇に仕える采女だった。天皇が気に入り一晩召したところ妊娠し、女子を産んだのである。天皇は、一晩で子供ができたことを信じず、最初は自分の娘だと認めていなかった。赤子が幼い少女になった頃、天皇が大殿にいて物部目大連《めのおおむらじ》が付き従っていたとき、その少女が目の前の庭を横切って行った。目大連は振り返り、群臣たちに言った。

「なんと愛らしい少女だろう。昔の人は、よく言ったものだ。なひとやはばに。清らかな庭を麗しく歩く者は、誰の娘かと問う」

その言葉を耳にとめた天皇が、目大連に問う。

「なぜそのようなことを言う」

「天皇様、あの少女が歩く姿を見るに、天皇様によく似ております」

目大連の答えに、天皇は納得できない顔をする。

「あの少女を見る者は皆、同じことを言う。けれど、私が召したのは、たった一夜だ。女がたった一夜で子供を得るとは、おかしいではないか。だから私は疑わずにはいられないのだ」

大連は真面目に問う。

「では、お尋ねいたします。一夜の間に、何回召されたのですか」

「七回だ」

大連は続ける。

「天皇様、その女人は、身体も心も潔く、天皇様のお望みに応えてお仕えしたのです。その真っすぐな気持ちを、どうして厭われるのですか。私は聞いたことがあります。孕みやすい女は、男の下着が触れただけで孕むことがあると。一晩中召された女人をみだりにお疑いなさいますな」

天皇は、大連の言葉を受け入れた。

「わかった。あの子を皇女とし、母親は妃としよう」

この子供は春日大娘皇女と呼ばれ、後に億計天皇（第二十四代　仁賢天皇）の皇后になる。

四五八年（即位二年）七月、百済の池津媛《いけつ》が天皇のもとに送られてきた。しかし池津媛は、天皇に召される前に、石川楯《いしかわのたて》という男と夫婦になってしまった。

天皇は大いに怒った。大伴室屋大連に命じて二人を捕らえさせ、手足を木に張り付ける。そして、足元に積み上げた薪に火をつけて、二人を焼き殺した。

その年の十月三日、天皇は吉野宮に行幸した。十月六日、御馬瀬《みませ》に出かける。山を司る者に案内させ、思う存分狩りを楽しんだ。重なる峰を巡り、広い野原を駆け抜ける。狩りをするたびに多くを獲て、鳥も獣も尽きぬばかり。最後は木立に囲まれた泉の畔で休んだ。沢でくつろぎ、従っていた者達を休ませ、車や馬の手入れをする。

上機嫌の天皇は、家臣達に問うた。

「狩猟の後の楽しみは、膳夫《かしわで》に料理を作らせることだ。いや、自分で作ってみたらどうだろう」

皆、どう答えてよいかわからず、まごつき言葉が出てこない。天皇はたちまち頭に血が上り、怒り狂う。

「なぜ誰も答えぬ！」

そして刀を抜き、御者を務めていた大津の馬飼を切り捨てた。

「気分が悪い！　帰るぞ！」

そのまま一行は、吉野を発つ。

宮殿では、知らせを受けた皇太后と皇后が、天皇を迎える算段を始めていた。彼女達は酒を準備し、日媛《ひのひめ》を呼び出した。彼女は天皇に仕える采女で、大倭国造《おおやまとのくにのみやつこ》吾子籠《あごこ》の妹。

やがて、怖気づき、生きた心地もしない有様の一行を従え、天皇が帰ってきた。

「天皇様、お帰りなさいませ」

明るい笑顔で出迎えたのは、日媛。その手は酒を捧げ持っている。物怖じしない笑顔に、天皇の顔にも笑みが浮かぶ。

「私が今一番見たかったのは、そなたの笑顔だ」

そう言うと、彼女の手を取り、後宮へと入っていく。

その夜、天皇は、母親である皇太后に顛末を話した。

「今日の狩りは大収獲でした。一緒に来ていた者達に大いに振る舞ってやろうと思って声をかけたのに、まともに返事をする者すらいない。私が怒ったのは、そのせいです」

息子が下の者達を労い、御馳走を振る舞うつもりだったことを知り、皇太后は微笑んだ。

「陛下は、皆を喜ばせようと、狩り場で料理を振る舞うことを思いつかれたのですね。下の者達には、それがわからなかったのです。返事ができなかったのも、仕方がないこと。陛下に意見を申し上げることも難しかったでしょう。陛下、今からでも遅くはありません。狩り場に料理人を連れていくことを始められては。膳臣長野《かしわでのおみながの》は、料理が上手。私からこの者を献上させてくださいませ」

天皇は、母親に礼を言う。

「なんと有難いことだろう。母上は、私の心をわかってくださる。卑しい人が言う『貴人は心を相知る』とは、こういうことか」

息子が喜ぶ顔を見て、皇太后の顔にも笑みが広がる。そして、さらに人を献上しようと言い足した。

「私の料理人を務めている菟田御戸部《うだのみとべ》と真鋒田高天《まさきたたかめ》、この二人を加えて宍人部《ししひとべ》になさいませ」

この後、大倭国造吾子籠宿禰が狭穂子鳥別《さほのことりわけ》という者を差し出し、宍人部とする。これに従い、臣や連、伴造、国造達も料理に長けた者達を献上した。

この月に、史戸《ふみひとべ》・河上舎人部《かわかみのとねりべ》を置く。

天皇はいつも自分の心を信じて判断される。そのため誤って人を殺すことも多く、

「はなはだ悪い天皇だ」と誹謗する声も多かった。天皇に可愛がられていたのは、史《ふみ》部《ひと》の身狭村主青《むさのすぐりあお》と檜隈民使博徳《ひのくまのたみのつかいはかとこ》くらいの者である。

即位三年四月、阿閉臣国見《あへのおみくにみ》（またの名は磯特牛《しことひ》）が、栲幡皇女《たくはたのひめみこ》と湯人《ゆえ》の廬城部連《いおきべのむらじ》武彦《たけひこ》の関係を邪推し、他の者に話した。伊勢大神に仕える栲幡皇女は、韓媛が産んだ皇女。湯人とは、皇女の世話係である。

「武彦は皇女を犯し、孕ませたようだ」

悪意のある噂はすぐさま広がり、武彦の父親である枳莒喩《きこゆ》の耳にも入った。

「武彦は、なんということをしてくれたのだ！」

「武彦様はそのような方ではございません。ご本人に確かめられては」

枳莒喩を諫める者もあったが、そんな言葉を聞いている余裕はない。何しろ、あの恐ろしい天皇の娘を汚したと言われているのだ。息子が皇女を犯すような人間とは思えないが、二人が思いあって過ちを犯したかもしれない。とにかく、天皇の耳に入れば、怒りは一族に及び、皆殺しにされかねない。

焦った枳莒喩は武彦を呼び出し、廬城川《いおきのかわ》に魚を獲りに行こうと誘った。父親に誘われた武彦は素直に応じ、水音をたてて川に入り、魚を獲ろうとする。

「父上、この辺りですか」

「そうだな、もう少し先へ行ってみよ」

憐れだが仕方がない。一族を守るため、鬼になるしかない。続いて川に入った父親は、背中を向けた武彦の後頭部に、いきなり石を打ちつける。武彦はその場で倒れ込み、そのまま亡くなった。

話を聞いた天皇は、使者を伊勢に遣わし、栲幡皇女の罪を問わせた。

「武彦は、自分の父親に殺されたのですか」

皇女の声は震えている。

「私は何もしていません」

そして、神の鏡を胸に抱いて部屋を出ると、そのまま使者の前から姿を消した。社を抜け出した皇女は、五十鈴川の上流へと進む。やがて人が行かない所まで行き着くと、川の畔に鏡を埋めて自ら命を断った。

皇女が消えたとの報告を受け、天皇は方々を探させた。数日が過ぎ、五十鈴川の川上に大蛇のような虹がかかった。その虹の足元を掘らせると、神の鏡が埋められている。さらに周囲を探せば、苔むした斜面に青白い顔の栲幡皇女の亡骸が。

「腹を割いてみよ」

天皇の命令で、皇女の腹部を割くと、水のようなものがあふれ出し、その中には赤子ではなく石が一つ入っていた。

「赤子がどこにいる」

天皇は言った。

「噂は作り話ではないか！」

こうして武彦の濡れ衣は晴れた。息子を殺してしまった枳莒喩は、阿閉臣国見を殺そうと探したが、国見は石上神宮に逃げ込んでしまった。

翌四年二月、天皇は葛城山に狩猟に出かけた。山に着くとすぐに、一人の高貴な姿の男性が現れた。谷を望むその人の姿かたちは、天皇によく似ている。この方は、神に違いない。すぐにそう思ったが、天皇は言葉に出して問うた。

「どこの尊きお方か」

その人は答える。

「私は現人神《あらひとがみ》だ。そなたこそ先に名乗れ。私の名は、その後で答えよう」

「私は幼武尊《わかたけのみこと》だ」

天皇がそう答えると、相手も答える。

「私は、一言主神《ひとことぬしのかみ》だ」

それから二人は、ともに狩りを楽しんだ。一頭の鹿を二人で馬を並べて追い、矢を撃つ順を譲りあう。日が暮れるまで楽しみ、天皇が帰るときには、一言主神は来目川あたりまで送った。民達は畏まり、こう言い合った。

「徳に満ちた天皇様なり」

同年八月十八日、天皇は吉野の宮に行幸し、二十日には川上の小野に進み、山を守る者に命じて猪や鹿を追わせた。天皇自身は、追われて来る獲物を射ようと、弓を構えて待ち受ける。

その時、一匹の虻《あぶ》が飛んできて、天皇の肘辺りを噛んだ。するとすぐに蜻蛉《あきづ》（とんぼ）が飛んできて、その虻を咥えて飛び去って行く。天皇は吉兆を喜び、家臣達に命じた。

「私のために、蜻蛉を褒め称える歌を作れ」

だが、誰も歌を詠む者がいない。天皇は自ら歌った。

大和の山々の嶺に、猪鹿が潜んでいると、天皇に申し上げる者がいた。話を聞いた天皇は、玉と布で飾った胡床《あごら》に掛け、猪鹿を待ち構える。

待っている私の肘に虻が噛みつき、その虻を、すぐに蜻蛉が咥え行く。虫も天皇に奉仕する。

蜻蛉よ、お前の功績を残そう。倭の国を、蜻蛉嶋と呼ぼう。


そして、この地を蜻蛉野と名付ける。


五年二月、天皇は葛城山に狩りに出かけた。すぐに怪しい鳥が現れる。その大きさは雀くらい。地面に届くほど尾が長い。その声は、こう聞こえる。

「ゆめゆめ！（気を付けて！）」

その途端、傷を負って怒り狂った猪が、叢から飛び出してきた。狩場にいた者達は逃げ惑い、そこらの木々によじ登る。天皇は、傍にいた舎人に命じた。

「猛獣も人を見れば立ち止まる。待ち構えて矢を放ち、刀でとどめを刺せ！」

だが、その舎人は、傍の木に逃げ登ってしまった。木の上で顔をひきつらせ、そのまま動けない。平地に立つ天皇に気づいた猪は、真っすぐに襲ってきた。その両目は血走り、口元からは白い泡を吹いている。

天皇は、弓を縦にして正面から突き、止まった猪を力まかせに踏み倒す。高く上げた脚で何度も踏まれ、猪は口から血を吐いて動かなくなった。

猪が死ぬと天皇は、きっと木の上の舎人を睨みつけ、刀を抜いて殺そうとした。

すべり落ちるように降りて来た舎人は、ただただ怯えながら歌を詠む。


やすみしし我が大君が狩りを楽しまれる。

猪の唸り声に怯える私が逃げ登った、丘の上の榛《はり》の木よ、ああ。


その歌を聞いた皇后は、舎人が憐れで悲しく思い、天皇を止めた。

「皇后は、天皇の味方をせず、舎人のことを思うのか！」

怒れる天皇に、皇后はこたえる。

「国の民達は皆、陛下は狩りで獣を獲ることを好まれていると申しております。よいことではありませんか。でも今、陛下は、獣のために舎人を切ろうとされています。

それでは、狼などと異なりません」

その帰り道、天皇は上機嫌であった。皇后と同じ車に乗り込み、こう言った。

「なんと楽しいことだろう。人々は皆禽獣《とりしし》を狩る。私は狩りに行き、良い言葉を得て帰る」


同年四月、百済の加須利君《かすりのきし》（蓋鹵王《がいろおう》）は、日本に送った池津媛が焼き殺されたことから、今後の対応について重臣達と協議した。

「献上した女性が粗末な扱いを受け、我が国の名誉は傷つけられた。これより後は、女性は献上したくない」

そう言い、女性ではなく、王の弟の軍君《こにきし》（昆支《こんき》）を呼んだ。

「そなた、日本へ行き、日本の天皇に仕えよ」

軍君は言う。

「兄上の命令に背くことはいたしません。できれば、兄上の後宮から一人いただき、それから私を日本へ派遣してください」

加須利君（蓋鹵王）は頷いた。
「わかった。産み月が近い夫人を与えよう。もし途中で赤子が生まれたら、母子を一つの船に乗せ、どこにいようと百済へ送り帰せ」
こうして、軍君と夫人は日本に向かった。

六月、筑紫の各羅嶋《かからのしま》において、夫人は男子を産んだ。よって、この子を名付けて嶋《せま》君《きし》という。軍君は、加須利君（蓋鹵王）の指示に従い、一つの船を用意して、母子を百済に送り帰す。この赤子は、後の武寧王《むねいおう》である。百済の人は、この島を主嶋《にりむせま》と言う。

七月、軍君は日本の都に入った。彼には五人の子供があり、日本と百済の架け橋となる。

天皇がその地位を固めている間、彼に殺された市辺押磐皇子の幼い息子二人は、日下部連使主《おみ》と息子の吾田彦に守られながら、丹波国の余社郡《よさのこおり》に隠れ住んでいた。天皇の捜索から逃れるため、使主は田疾来《たとく》と名乗っている。

天皇の逆鱗に触れて死んだ者達の話に追われるように、彼等はさらに播磨の縮見《しじみ》山の岩屋へと逃れる。そして、億計王（第二十四代　仁賢天皇）と弘計王（第二十三代顕宗天皇）が子供ながら自立できるまで成長すると、日下部連使主は言った。

「億計王様、弘計王様、お二人は去来穂別天皇（第十七代　履中天皇）様の長男である市辺押磐皇子様の御子達。本来なら、天皇になるべきお方です。今の天皇の難を逃れ、必ず都へお帰りください。私は、天皇の側近に顔を知られ、天皇の意に背いた重罪人として追われる身。お二人に危害が及ばぬよう、ここでお別れします。都には、叔母上飯豊皇女様が待っておられます。どうか、お二人で力を合わせて、必ず生き延びてください」

そして、自分の馬の手綱を切り、鞍や武器も全て焼き捨て、息子の吾田彦に皇子達を託し、そのまま首をくくって命を断った。

吾田彦も幼い兄弟も、涙を流しながら立ち尽くす。最初に口を開いたのは、兄の億計王だった。

「私は覚悟を決めた。生き抜くために、どんなことにも堪えてみせる」

そして、吾田彦の顔を見つめた。

「吾田彦、お前の父使主殿の教えを無駄にはしない。確かに、子供がお付きの者を従えていては、不自然だ。これからは身をやつし、どこかの屋敷の下働きとなり、貧しい子供の姿で二人力を合わせて生き抜いてみせる。その手筈まで力を貸してくれ」

吾田彦も涙をぬぐう。

「わかりました。お二人が身分を隠して暮らせる屋敷を探して参ります。どうかお身体大切に」

吾田彦が見つけたのは、播磨国赤石郡《あかしのこおり》にある縮見屯倉《しじみのみやけ》の首《おびと》である忍海部造《おしぬみべのみやつこ》細目《ほそめ》の屋敷。少年二人は、この屋敷の住み込みの小僧になる。

それから吾田彦は密かに都に戻り、飯豊皇女に事の次第を報告した。

「生きていたのですね……」

王族に生まれながら、住み込みの小僧とは。飯豊皇女も涙を流す。

「私も生きていく甲斐ができました。あの子達が戻る日を待ちます」

「穴穂天皇様は、市辺押磐皇子様を皇太子にするおつもりでした。今の天皇に殺されなければ、お二人のいずれかが、その次の天皇でしたのに…」

吾田彦の言葉を、皇女が遮る。

「そのような言葉、天皇の耳に入ってはならぬ。必ず見つけ出されて殺される。今は、待つしかない。それしかできぬ」

こうして億計王と弘計王の兄弟は、丹波から流れてきた身寄りのない子供として、播磨国赤石郡の細目の屋敷で暮らし始めた。互いに庇いあいながら、牛馬の世話をし、火の番をする。黙々と真面目に働く兄弟。その身体は痩せ、整った顔立ちに笑みはない。

家の者達は、兄弟を「丹波小子《たにわのわらわ》」と呼んだ。

六年二月四日、天皇は泊瀬《はつせ》の小野に遊びに行った。山野の姿形の美しさに、改めて心を打たれる。

三月七日、天皇は、皇后や妃に自ら桑の葉を摘ませ蚕を育てさせようと思い立ち、蜾蠃《すがる》という者を呼んだ。

「養蚕《こかい》を始めようと思う。国中から蚕《こ》を集めて参れ」

神妙な顔で蜾蠃は答える。

「かしこまりました。急いで行って参ります」

それからしばらくたった日のこと。

「やけに騒がしいが、何事だ」

天皇の問いに家臣が答える。

「蜾蠃が戻り、急ぎ天皇様にご報告したいとのこと」

「通せ」

すぐに蜾蠃が参上する。その後ろには、背中に赤子を背負い、胸にも抱いた女達。さらには、背中の籠に赤子を入れ、両腕に一人ずつ赤子を抱える男達。

呆気にとられる天皇に、蜾蠃が申し上げる。

「仰せに従い、国中の子を集めて参りました」

天皇は噴き出し、続いて大笑い。「蚕」と「子」を間違えたのだ。しばらく笑いは止まらない。ようやく息をつぐと、天皇は改めて命じた。

「蜾蠃よ、その赤子たちは、お前が自ら養え」

そして、蜾蠃に少子部連《ちいさこべのむらじ》との姓を与え、都のはずれで赤子達を養わせた。


四月、呉《くれ》が使いを派遣し朝貢した。

呉は、後の中国蘇州の辺り。気候に恵まれた豊かな土地を背にして、良港に恵まれている。後の上海も、ここにある。


翌七年七月三日、天皇は少子部蜾蠃を呼び出した。

「私は、三諸岳《みもろのおか》の神の形を見たい。この三輪山の神は大物主神とか。菟田《うだ》の墨坂《すみさか》の神と言う者もある。そなたは人並みはずれた力の持ち主。自ら行って捕らえて参れ」

蜾蠃は答える。

「できるかどうかわかりませんが、捕らえに行って参ります」

本当に面白い男だ。そう天皇が思っていると、数日後には蜾蠃が報告に参上した。

「天皇様、三諸岳に登り捕らえて参りました」

差し出したのは、大蛇。途端に稲光が走り、大蛇の目はらんらんと輝く。不意を突かれた天皇は、慌てて両目を覆い、大殿の中へと退避する。

「そなた、神を元の岳に返して来い！　礼を尽くしてお帰りいただけ！」

きょとんとした顔の蜾蠃。そのまましゃーと息を吐く大蛇を持ち帰り、元の三諸岳に放った。

このことにより、蜾蠃はさらに名を賜い「少子部雷《いかづち》」となる。


五十年以上前、天皇の曾祖父にあたる誉田天皇（第十五代　応神天皇）は、吉備を分割して、妃の兄である御友別《みともわけ》の一族に与えた。以来、吉備を統治しているのは、その子孫達。後の岡山県総社市や真備町辺りを治める吉備下道臣《きびのしもつみちのおみ》と、岡山県西大寺市や岡山市の東側辺りを治める吉備上道臣《きびのかみつみちのおみ》も、その一員だ。

七年八月、吉備弓削部虚空《きびのゆげべのおおぞら》という舎人《とねり》が、急用で吉備の家へ帰った。その用が済み、都へ帰ろうとしたところ、吉備下道臣である前津屋《さきつや》に引き留められた。そのまま虚空は前津屋の用事に使われ、都へ戻ることができない。ついに天皇は、身毛君大夫《むけつきみますらお》を吉備に遣わし、虚空を呼び戻した。

都に戻った虚空は、天皇の前で申し上げる。

「天皇様、前津屋は、幼い乙女を天皇様に、年長の乙女を自分に例えて戦わせ、幼い方が勝つと切り殺しました。また、小柄な雄鶏を天皇の鶏と呼んで羽をむしり、鈴や金で飾った大柄な雄鶏を自分の鶏として戦わせ、小柄な方が勝てば切り殺しました」

天皇は大いに怒り、すぐさま物部の兵士三十人を吉備に送る。前津屋を含む吉備下道の一族七十人は、その兵達に全て殺された。

この年、吉備上道臣である田狭《たさ》は、友人達と宮殿の傍にいて、自分の妻である吉備稚媛《わかひめ》のことを大いに自慢していた。田狭と稚媛との間には二人の息子もいて、兄君《えきみ》、弟君《おときみ》と呼ばれている。

「どんな美人も、私の妻には負ける。稚媛は輝くように美しく、すべてが完璧。化粧も香りも足さなくていい。これほどの女は、どこにもいない。私の妻は、この世で一番の女だ」

その自慢話を聞いた天皇は、大いに喜んだ。田狭の妻は玉田宿禰の娘で、円大臣の妹。家柄も問題ない。それほどの女なら自分の妃にしようと、心に決めた。

それから間もなく、田狭は任那《みまな》の国司に任じられた。

任那は半島の南端にあり、東は新羅、西は百済。朝鮮半島における日本の拠点で、外交上も国政上も重要な場所。その国司に抜擢されるのは名誉なことで、田狭に断る理由はない。天皇の策略など夢にも思わず、ただ愛妻と離れることを残念がりながら、朝鮮半島へと渡っていった。

田狭が日本を離れると、残された稚媛の元に天皇からの召喚状が届いた。出頭した彼女を天皇は都にとどめ、そのまま自分の妃にしてしまった。

愛妻稚媛が天皇に奪われたことを、田狭は任那で知った。驚愕の後から激しい怒りが湧いてくる。とはいえ、相手は天皇。田狭の足は、新羅へと向かっていた。新羅は、今の天皇をよく思っていない。日本への朝貢も止めている。力を貸してくれるのは、新羅しかない。

そんな田狭の動きは、天皇の元へ逐一報告されている。天皇は、田狭と稚媛の間に生まれた弟君と、吉備海部直《きびのあまのあたい》赤尾《あかお》を呼び出した。

「お前達、海を渡り、新羅を討て」

すると、天皇の側近である歓因知利《かんいんちり》という者が申し出た。彼は、西漢才伎《かわちのあやのてひと》の一人。西漢才伎とは、河内を本拠地とする渡来人の集団で、陶器や革製品、絵画や織物などの技術集団だ。

「天皇様、韓国《からのくに》には、私より優れた技を持つ者達が沢山おります。海を渡るのであれば、これを機会に召喚して、お使いくださいませ」

天皇は頷き、重ねて命じる。

「では、歓因知利は、弟君達に同行せよ。新羅に入る前に百済に立ち寄り、私の勅書を渡して、技術者達を献上させせよ」

こうして、勅書を携えた弟君の一行は、兵を率いて海を渡り、まずは百済に入る。すると、一人の老女が一行の前に現れた。彼女は、韓国の神の化身。弟君から新羅までの距離を尋ねられ、こう答える。

「もう一日進み、その後に辿りつけるでしょう」

道程が遠いと思った弟君は、新羅征伐には行かず、日本へ帰ろうと思った。そして百済が献上した技術者達を大島に集め、良い風が吹くのを港で待つうちに、月日が流れていく。

任那の国司を務める田狭は、息子が新羅を討たずに帰国しようとしていることを嬉しく思った。彼は密かに言葉を伝える。

「そもそも天皇は、どれほどの信念があって新羅を討てと命じたのか。天皇は、私の妻、お前の母を奪い、子供まで産ませた。今心配すべきは、禍が我が身に及ぶことだ。息子よ、お前は百済に残り、日本へは帰るな。私も任那を拠点とし、日本と行き来はせぬ」

その伝言を受けた弟君には、妻の樟媛《くすひめ》が同行していた。樟媛は愛国心が強く、夫と義父の謀叛を許すことができない。彼女は密かに夫を殺し、建物の中に埋めて隠した。そして、吉備海部直赤尾と共に技術者達を率いて、大島で風を待つ。

弟君の姿が消えたことは、すぐに天皇に伝えられた。天皇は、新たに日鷹吉士堅《ひたかのきしかた》磐《しわ》固安銭《こあんぜん》という者を迎えに遣わし、一行を帰国させた。

こうして百済から渡って来た技術者達は、倭国《やまとのくに》の吾礪《あと》の広津邑《ひろきつのむら》に住まわせたが、病気になって死ぬ者が多数出てしまった。天皇は、大伴大連室屋に詔し、東漢直《やまとのあやのあたい》掬《つか》に命じて新漢陶部《いまきのあやのすえつくり》高貴《こうき》、鞍部《くらつくり》堅貴《けんき》、画部《えかき》因斯羅我《いんしらが》、錦部《にしごり》定安那錦《じょうあんなこむ》、訳語《おさめ》卯安《うあん》那《な》等を、上桃原《かみつももはら》、下桃原《しもつももはら》、真神原《まかみのはら》の三か所に遷して住まわせた。

弟君は百済から無事帰り、漢手人部《あやのてひとべ》、衣縫部《きぬぬいべ》、宍人部《ししひとべ》を献上した、という人もいる。

八年二月、天皇は、身狭村主青と檜隈民使博徳を、呉に遣わす。

新羅にとって、日本の派兵は衝撃だった。新羅は今の天皇が大嫌い。朝貢も止めている。それでも両国の間には海がある。強国日本の天皇を怒らせたところで、大事にはなるまい。そう思っていた。

だが日本は、海を越えて派兵してきた。動揺した新羅は、北の高句麗に修好を持ち掛ける。応じた高句麗は、精兵百人を新羅防衛のために派遣した。

その高句麗兵の一人が一時帰国したときのこと。国境を越えて気が緩んだ彼は、馬の世話係として同行させていた男に声をかけた。

「新羅の要所要所に、高句麗の戦士達が入り込んでいる。新羅が滅ぶのも、時間の問題だろうよ」

馬の世話係は、新羅人。彼は腹が痛いふりをしながら少しずつ距離を取り、ついには新羅国内に逃げ帰る。そして、高句麗兵の言葉を新羅王に報告した。

高句麗の善意は、新羅を乗っ取るための偽りであった。高句麗の本心を知った新羅王は、国中の人々に触れを出す。

「新羅の民よ、家の内で養う雄鶏を殺せ」

命令の意味を察知した人々は、新羅国内にいる高句麗人を見つけては殺していく。

慌てて逃げ出した高句麗兵は、祖国に詳細を報告した。

恩を仇で返す所業に、高句麗王は大いに怒り、新羅攻撃の兵を挙げる。筑足流城《つくそくろのさし》に集結した大軍は、士気を鼓舞するため、歌い舞い、楽器を鳴らし続けた。夜、その音を聞いた新羅王は、高句麗軍が迫っていることを知り、震え上がる。

高句麗に攻められては、頼れる相手は日本のみ。新羅王は、すぐさま任那王に使者を送った。

「高句麗王に攻められて、我が国の命運は風になびく幡、積み上げた卵のごとし。どうか至急、任那日本府の軍隊を救援に出してください」

その願いを受けた任那王は、日本府の将軍三人に新羅救援を要請する。三人とは、膳臣斑鳩《かしわでのおみいかるが》、吉備臣小梨《きびのおみおなし》、難波吉士赤目子《なにわのきしあかめこ》。彼等が率いる軍隊は、高句麗軍を撃退するため、すぐさま戦地へと向かった。

一行は、高句麗軍の手前で留まり、陣を敷く。日本軍の武勇は広く知られており、高句麗の将軍達は、戦う前から戦々恐々。膳臣達は小規模な急襲を繰り返しながら、本格的な戦いに向け、準備を整えていく。こうして両軍が対峙しながら、十日余りが過ぎた。

明るすぎない夜がきた。薄暗闇の中、膳臣等は斜面を削り、低い所に新たな道を造った。そこに奇襲用の兵を忍ばせ、残りの陣営も移動を開始する。

夜が明けると、高句麗軍から見えていた任那日本軍の陣営は、すべて消えていた。

「敵軍、逃げたり！」

高句麗軍は全軍を挙げ、大急ぎで後を追う。

彼等を待ち受けるのは、逃げたふりで先に行った日本の騎馬軍と歩兵隊。慌てて通り過ぎた高句麗軍の後ろからは、隠れていた日本の奇襲兵が襲い掛かる。前後から挟み撃ちにあい、高句麗軍は大いに敗れた。

高句麗軍を打ち負かした膳臣等は、新羅国王と重臣達を集めて言った。

「日本軍の救援がなければ、新羅は高句麗に蹂躙されていた。今度の戦いで、よくわかっただろう。お前達は、弱い身でありながら、強い者に歯向かっていたのだ。今より後、日本の朝廷に逆らうな」

四六五年（九年）二月、天皇は、凡河内直《おおしこうちのあたい》香賜《かたぶ》と采女を遣わし、胸方《むなかた》（宗像）の神を祀らせた。祭壇の前でこれから神事を行おうというときに、香賜は、その采女を犯した。

「神を祀り幸を祈ることは、身を慎んで行うべきではないか！」

怒った天皇は、香賜を誅殺するため、難波《なにわの》日《ひ》鷹《たかの》吉士《きし》を遣わす。香賜が逃げ出すと、さらに弓削連《ゆげのむらじ》豊穂《とよほ》を遣わし、国郡県《くにこおりあがた》中を探させ、ついに三嶋郡の藍原という所で捕らえて切り捨てた。

同年三月、天皇は自ら新羅を討とうと考えた。しかし、神は言われた。

「行ってはならぬ」

自ら行くことを断念した天皇は、四人の大将軍を呼び出した。紀小弓宿禰《きのおゆみのすくね》と息子の小鹿火宿禰《おかひのすくね》、蘇我韓子宿禰《そがのからこのすくね》、大伴談連《おおとものかたりのむらじ》の四人である。紀小弓宿禰は、武内宿禰の息子である紀角宿禰《きのつのすくね》の息子。蘇我韓子宿禰は、武内宿禰の息子である蘇我石川宿禰の孫。大伴談連は、大伴室屋大連《おおとものむろやのおおむらじ》の息子で、大伴金村の父にあたる。

天皇は、四人に命じる。

「新羅は西の地にあり、代々日本に朝貢してきた。だが、私の治政となってから、対馬を盾にして、草羅《そうら》（梁山）の陰に隠れ、高句麗が朝貢するのを妨げ、百済の城を襲っている。我が国への朝貢も途絶えたままだ。新羅は、狼の子供のようなもの。腹が満たされれば去り、飢えたときだけ懐こうとする。お前達四人を大将軍に任命する。官軍を率いて新羅を攻め、天罰を与えよ」

四人は、謹んで拝命する。ただ紀小弓宿禰は、大伴談連の父親である大伴室屋大連に、天皇への陳情を頼んだ。

「私は謹んで勅令を承ります。ただ、私の妻が病床にあるため、現地で私の世話をする者がおりません。この窮状を室屋殿、どうか天皇様にお伝えください」

話を伝え聞いた天皇は大変気の毒がり、吉備上道の采女である大海《おおしあま》という女性を紀小弓宿禰に与え、随伴して身の回りの世話をするよう命じた。そして、四人の大将軍は新羅へと出発した。

四人の将軍達は兵を率いて進みながら、傍らの郡を討ち取って行く。侵攻を続ける日本軍は、夜も太鼓を打ち鳴らし、雄叫びを上げ続ける。その音を聞く新羅王は、ことごとく喙《とく》の地を奪われたことを知り、数百の騎兵とともに逃げ惑う。

その喙国は、南加羅の一部、慶山の辺り。小弓宿禰は逃げる騎馬を追い、敵陣の中で将軍を切る。こうして喙の地は悉く平定されたが、生き残った者達は抵抗を続けている。

紀小弓宿禰はまた兵をまとめて、大伴談連等と合流する。陣営は再び大きく調い、新羅の生き残り兵達と戦う。この夕方、大伴談連や紀岡前《きのおかざきの》来目連《くめのむらじ》等が、力を出し尽くして戦死した。大伴談連の従者である大伴《おおともの》津麻呂《つまろ》は、談連の姿を探して、軍の中を尋ねてまわる。軍の中には見つけられず、人に問うた。

「私の主、大伴談連様は、どこにおられますか」

「そなたの主等は、全力で戦い、敵の手により殺された」

そう答えた人は、手を伸ばし、遺体がある場所を指し示す。津麻呂は、悲鳴をあげ、足を踏み鳴らした。

「主は亡くなられた！　どうして私一人生きていけようか！」

そして、そのまま敵陣の中に飛び込み、敵兵に討たれて死んだ。新羅の残兵は、しばらくすると自然に退いていき、日本官軍もまた退却する。

その後、大将軍紀小弓宿禰は病を得て、帰国することなく亡くなった。

五月、紀小弓宿禰の長子である紀大磐宿禰《きのおおいわのすくね》は、父親が異国の地で逝去したことを聞き、自らも新羅へと渡った。

「兄上、どうして新羅へ」

突然の兄の出現に、驚く小鹿火宿禰。

「天皇様のご命令ですか?」

「お前がしっかりしていないからだろう!」

そう兄は叫ぶ。

「息子がついていながら、父上を死なせるとは!」

兄に責められ、小鹿火宿禰は反論する。

「父上は、ご病気だったのです」

「言い訳などいらぬ！　まったく頼りにならない奴め！　これからは私が指揮を執る。お前も、私の指示に従え！」

宣言通り、紀大磐宿禰は、弟が率いてきた兵、馬、船、部下達を、すべて自分のものとして扱い始めた。天皇の命を直に受け、今まで命がけで戦ってきたのは、小鹿火宿禰を含めた四人の将軍達ではないか。そのうち父は病死し、大伴談連は戦死した。兄の横暴に深く傷ついた小鹿火宿禰は、残る韓子宿禰に告げる。

「兄の紀大磐宿禰は、私の部下達を奪って言いました。『私は韓子宿禰が掌握している者達もすぐに得るだろうよ』と。どうか用心してください」

それから韓子宿禰は大磐宿禰を疑うようになり、二人の間には不信感が生まれてしまった。

紀大磐宿禰と小鹿火宿禰、韓子宿禰。日本の大将軍三人の間で確執が生じていると聞いた百済王は、仲を取り持とうとした。

「国境をお見せしましょう。どうぞ宮殿においでください」

誘いを受けた三人は、ぎくしゃくとした雰囲気のまま、馬の轡を並べて宮殿へと向かう。途中で川に差しかかったとき、馬に水を飲ませようと、大磐宿禰は川べりへ向かった。その後ろ姿に向かって、韓子宿禰が矢を放つ。矢は大磐宿禰の鞍の背面に刺さり、驚いた彼は振り向きざまに韓子宿禰を射る。矢は韓子宿禰に命中し、射落とされた彼は川の中で死んだ。

結局、日本の三人の大将軍、紀大磐宿禰、小鹿火宿禰、韓子宿禰は、先を争い内輪揉めをしただけで、百済王の宮殿にも行かなかった。

紀小弓宿禰に従っていた采女大海は、病死した小弓宿禰の喪に服するために日本に帰って来ていた。彼女は、大伴室屋大連に嘆きながら訴える。

「私は、小弓宿禰様をどこに葬ればよいのでしょう。どうか、小弓宿禰様にふさわしい良き場所をお教えください」

大連がその願いを伝えると、天皇は言った。

「大将軍紀小弓宿禰は、竜や虎のごとく雄々しく逆賊を倒し、遠い三韓の地で命を失った。この偉大なる忠臣に哀悼の意を表し、厚く葬るため国葬とする。そなた大伴室屋大連は、彼の一族と近く、昔より縁も深かろう。そなたに委ねる」

この勅令を受けた大伴室屋大連は、土師連《はじのむらじ》小鳥《おとり》を使い、紀小弓宿禰の墓を田身輪《たむわの》邑《むら》に造って埋葬した。後の大阪府泉南郡岬町淡輪《たんのわ》である。

采女大海は大変喜び、感謝の気持ちを伝えるため、韓奴室《からのやっこむろ》、兄麻呂《えまろ》、弟麻呂《おとまろ》、御《み》倉《くら》、小倉《おくら》、針《はり》という六名を室屋大連に献上した。吉備上道の蚊嶋田邑《かしまだむら》の家人部《やけひとら》が、これである。

紀小弓宿禰の葬儀に出席するため、大磐宿禰と小鹿火宿禰の兄弟も日本に戻って来ていた。だが、小鹿火宿禰は都へは行かず、一人角国《つのくに》に留まっている。角国とは、後の山口県周南市都濃《つの》町辺り。兄弟の祖父にあたる紀角臣等は、はじめ角国にいて、角臣の名も、このことによる。

「あの兄と一緒に宮廷で働くことなど、私には堪えられません。どうか、ここ角国に留まれるよう、天皇様にお願いしてください」

小鹿火宿禰の願いは、大伴室屋大連を通して天皇に伝えられ、彼が角国に留まることは認められた。

同年七月、河内国より不思議な話が報告された。飛鳥戸郡《あすかべのこおり》に住む田辺史《たなべのふひと》伯孫《はくそん》という男の話だ。彼の家は、後に柏原市田辺と呼ばれる辺り。

明るい月夜だった。伯孫の娘は、古市郡《ふるいちのこおり》に住む書首《ふみのおびと》加竜《かりょう》の妻。その娘に男児が生まれ、祝いに出かけた帰り道。伯孫は、葦毛の馬の背で揺られている。

蓬蔂丘《いちびこのおか》の誉田陵《ほむたのみささぎ》（応神天皇陵）の傍に差し掛かったとき、赤い駿馬《しゅんめ》に乗る一人の貴人に出会った。月明かりに映える艶やかな躯体をうねらせ、その馬は竜のように跳ね上がる。その姿は、空へと向かう鳳凰のよう。伯孫は、一瞬で心を奪われた。

自分の葦毛に鞭を打ち、駿馬の元へ駆けつける。二頭が鼻先を揃え、鞍を並べた次の瞬間、赤き駿馬は遥か彼方へ遠ざかる。取り残された伯孫は、葦毛の腹を蹴り鞭を打つが、駿馬との距離は広がるばかり。

諦めた伯孫が馬から降りたその時、貴人を乗せた駿馬が戻ってきた。伯孫の願いに気づいた駿馬の主は、彼の傍で馬を降り、手綱を差し出す。戸惑う伯孫。その手から葦毛の手綱を取り、貴人は伯孫の馬に乗って去って行った。

伯孫は、駿馬を得て大喜び。自宅の厩に入れ、鞍を下ろし、十分な餌を与えて眠りについた。

翌朝、伯孫が厩に見に行くと、秣《まぐさ》の中に埴輪の馬があり、赤き駿馬の姿は消えていた。不思議に思いながら、昨夜の場所まで戻ってみれば、誉田陵に並ぶ埴輪の列の中に伯孫の葦毛の馬がいる。

伯孫は、厩にあった埴輪の馬を陵に戻し、自分の馬を連れて帰った。

そんな話だ。

翌十年九月四日、呉が献上した二羽の鵞鳥《がちょう》を持ち、身狭村主青《むさのすぐりあお》等が筑紫に至る。その鵞鳥が、水間君《みぬまのきみ》が飼っている犬に食われて死んだ。水間君は恐れ憂い、黙っていることができず、白鳥十羽と鳥を養う人を献上して罪を贖いたいと申し出る。天皇は、その申し出を受け入れた。

同年十月七日、水間君が献上した鳥飼人等を、軽村《かるのふれ》、磐余村《いわれのふれ》の二か所に住まわせる。

翌十一年五月、近江国の栗太郡《くるもとのこおり》から報告があがる。

「白い鸕鷀《う》が谷上浜《たなかみのはま》におります」

天皇は、川瀬舎人を置かせた。

同年七月、百済国から逃げ来て帰化した者あり。自ら貴信《きしん》と名乗る。この貴信は、元は呉国の人とも言われる。磐余の呉の琴弾壃手屋形麻呂《ことひきさかてのやかたまろ》等は、彼の末裔である。

同年十月、鳥官《とりのつかさ》の禽《とり》が、菟田《うだ》の人が飼う犬に食われて死んだ。天皇は怒り、その人の顔に入墨を刻み、鳥養部《とりかいべ》とする。信濃国の直丁《つかえのよほろ》と武蔵国の直丁が、ちょうど一緒に夜勤をしたとき、二人でその話をしながら言い合った。

「ああ、我が国で食べられる鳥の量は、ちょっとした塚くらいある。朝夕食べ続けても余るほど、鳥は沢山いる。なのに天皇は、たった一羽の鳥のために、人の顔に入墨を刻んだ。まったく道理がない悪行をなさる天皇だ」

その話を伝え聞いた天皇は、すぐに二人を呼びつけた。

「お前たち、塚ができるほど鳥がいると言うのなら、すぐさま積み上げてみよ」

急な命令に慌てて鳥を集めるが、積み上げるほどには集められない。天皇は詔を出し、二人を鳥の飼育担当である鳥養部にした。

十二年四月四日、天皇は、身狭村主青と檜隈民使博徳を呉に遣わす。

その年の十月十日、天皇は木工《こだくみ》である闘鶏御田《つけのみた》に命じて、初めて楼閣を建てる。高い楼閣の上で四方に走り行く御田の姿は、ひらりひらりと飛んでいるよう。ちょうどその下を、伊勢の采女が通りかかった。神の食事である御饌《みけ》を捧げ持っていた彼女は、御田の様子に目を奪われ、転んで御饌をこぼしてしまった。

天皇は、その采女を御田が汚したと疑い、警備を司る物部に彼を捕らえさせ、死刑にしようとした。傍で成り行きを見ていた秦酒公《はたのさけのきみ》は、天皇にお伝えしたいと、琴を弾きながら歌い出す。

神風の　伊勢の　伊勢の野の　栄枝《さかえ》を　五百経《いおふ》る析《か》きて　其《し》が尽くるまでに

大君に　堅く　仕え奉らんと　我が命も　長くもがと　言いし工匠《たくみ》はや

あたら工匠はや

（神風が吹く伊勢の木々が尽きるまで、天皇様に忠義を尽くすと。そのために長生きしたいと。言った匠よ、ああ匠よ）

その歌を聞いた天皇は思い直し、御田を赦した。

十三年三月、狭穂彦の玄孫《やしゃご》にあたる歯田根命《はたねのみこと》が、采女の山辺小嶋子《やまのべのこしまこ》に密かに手をつけた。それを聞いた天皇は、歯田根命を処罰しようと物部目大連の元に連行させた。歯田根命は、馬八頭、太刀八口を献上し、罪を贖いたいと申し出る。

物部目大連の報告を聞いた天皇は、献上の品を餌香市辺《えかのいちべ》の橘の樹の根元に置かせ、その餌香の長野邑を物部目大連に与えた。

その年の八月のこと。

播磨国の御井隈《みいくま》に、文石小麻呂《あやしのおまろ》という者がいた。力が強く、気は強情。傍若無人に振る舞い、暴虐の限りを尽くす。道の真ん中で人の往来を妨げ、商売人の船を止めて商品を奪い取る。国の法には従わず、租税も納めない。

天皇は、春日《かすがの》小野《おの》臣《のおみ》大樹《おおき》に勇猛な兵士百人をつけ、彼等に灯火を持たせて小麻呂の家を囲み焼かせた。すると、炎に包まれた家から真っ白な犬が走り出て、大樹臣に襲いかかる。その犬は大きく、まるで馬のよう。だが、神の意を受けた大樹臣は、顔色一つ変えず、刀を抜いて切りつける。倒れた犬は、小麻呂の姿に変わった。

九月。

木工《こだくみ》である韋那部真根《いなべのまね》は、石の台座に載せた木を、斧を使って削っていく。真根は名人で、一日中削り続けても、刃が石に当たって欠けることはない。視察に出向いていた天皇は、真根に尋ねた。

「誤って石に刃を当ててしまうことは、絶対ないのか」

真根は胸を張り、きっぱりと答える。

「絶対にございません！」

「そうか」

天皇は、すぐに采女を呼び寄せた。彼女達を褌《ふんどし》一枚の裸にして、作業場の横で相撲を取らせる。これには真根も気を取られ、仕事の手を止め目を向けては、また削る。ついには手元を誤り、刃を石に当て傷つけてしまった。

天皇は、即座に真根を捕えさせた。

「どこの男だったか！　私を恐れず、謙虚な心もなく、絶対失敗せぬなど、即座に言った男は！」

そして、物部の刑吏《けいり》に引き渡し、公開処刑するため刑場へと連行させる。一緒に仕事をしていた木工は、連れて行かれる真根を惜しみ、歌を詠んだ。

もったいない　韋那部の工匠が掛けた墨縄よ
彼がいなくて　誰に掛けられようか　もったいない墨縄よ

その歌を聞いた天皇は心を鎮め、真根の才能を思い返して嘆いた。

「私は惜しい人材を失おうとしていたのか」

そして、俊足で知られる名馬「甲斐の黒駒」に、鞍もつけずに使者を乗せ、真根の刑場へと走らせる。

使者はかろうじて間に合い、処刑は中止され、真根は自由の身となった。


十四年一月十三日、十二年四月に呉へと出発した身狭村主青等が、呉国の使いと共に帰国した。呉が献上した手仕事の技術を持つ人々、漢織《あやはとり》、呉織《くれはとり》および衣縫《きぬぬい》の兄媛、弟媛等を率いて、住吉津《すみのえのつ》に泊まる。

この月、呉の客人達のために道を造り、磯歯津路《しはつのみち》まで通して呉坂《くれさか》と名付ける。

翌三月、臣や連に命じて、呉の使者を迎える。呉から来た人々は檜隈野《ひのくまのの》に滞在させ、この地は呉原と名付ける。衣縫の兄媛は大三輪神に献上し、弟媛は漢衣縫部《あやのきぬぬいべ》とする。漢織と呉織の衣縫は、飛鳥衣縫部と伊勢衣縫部の始まりとなる。

四月になり、天皇は宴を開いて呉から来た人々をもてなそうと思い、群臣を集めた。

「食事を共にして客人をもてなす役目は、誰にしたらよいだろう」

そう天皇が問いかけると、群臣達の意見は一致している。

「根使主《ねのおみ》がよいのでは」

天皇は、石上《いそのかみ》の高抜原《たかぬきのはら》で呉の人々をもてなす宴を開き、根使主に饗宴係を命じた。同時に、舎人の一人を密かに参加させ、饗宴の様子を報告させる。

「根使主は、気品に満ち麗しく美しい玉縵を被っていました。周囲の者達の話では、前に使節団を接待したときにも被っていたそうです」

天皇は、その玉縵を見たいと思った。そこで、饗宴のときと同じ装いで出廷するよう臣連達に命じ、玉座の前に並ばせる。

すると、御簾《みす》の中から見ていた皇后草香幡梭姫が、突然涙にむせ、泣き崩れながら退席した。天皇は驚き、皇后を追って尋ねる。

「どうして泣くのだ」

皇后は泣きながら答える。

「あの玉縵は、昔、私の兄の大草香皇子が、穴穂天皇様の勅令により私を陛下に奉ろうとしたときに、私のために天皇様に献上したもの。その玉縵を、なぜ根使主が持っているのですか。兄は、根使主に騙されたのですね。そう思うと涙が零れて、泣かずにはいられません」

天皇は大変驚き、激怒した。

「根使主を呼べ！」

麗しい玉縵を被ったまま、根使主が現れる。

「その玉縵は、皇后の兄君が献上したものではないのか。そなた、大草香皇子を陥れ、真心のこもった献上の品を汚し、自分のものにしていたのか！」

元の持ち主の妹、皇后の前で嘘は通らない。根使主は観念する。

「確かに、私の過ちです」

天皇は、その場で詔を出す。

「根使主、今より後、子孫末裔まで群臣の中には決して入れぬ！」

そして天皇は太刀を振り上げ、その場で彼を切り捨てようとした。逃げ出した根使主は、日根《ひね》に至るまで逃げ延び、稲城《いなき》を築いて待ち受ける。日根は、後の泉佐野市日根野辺り。そこで追ってきた官軍と戦い、ついに根使主は殺された。

天皇は行政を担当する者達に命じ、根使主の血を引く者を二つに分け、一つを大草《おおくさ》香部民《かべのたみ》として皇后の下においた。もう半分は茅渟県主《ちぬのあがたぬし》に与え、下僕とした。また、無実の罪で殺された大草香皇子に従い殉死した難波吉士日香蚊の子孫を探し、姓を与えて大草香部吉士《おおくさかべのきし》とする。

事が収まった後、根使主の息子の小根使主《おねのおみ》が、夜に寝ながら人に語った。

「天皇の城は堅いとは言えぬ。我が父の城は堅い」

この言葉を伝え聞いた天皇は、人を遣って根使主の屋敷を見させた。実際、小根使主の言葉通りである。よって、小根使主を捕らえ、殺した。坂本臣が根使主の後継者になったのは、このことに始まる。

十五年、秦《はた》の民を臣連等に分け与え、それぞれが好きに使ってよいとした。秦造には任せなかったのである。そのことを憂いながら、秦造酒《はたのみやつこさけ》は天皇に仕えている。

この秦造酒を寵愛した天皇は、分散していた秦の民を再び集め、秦酒公に与えた。秦酒公は多くの技術者を率いて、庸調《ようちょう》として絹を奉献し、朝廷にうずたかく積み上げる。このことにより姓を賜い「うづまさ（太秦）」という。

十六年七月、天皇は、桑が育つ国県《くにあがた》に桑の木を植えさせた。また、秦の民をその地に住まわせ、庸調として絹を献上させた。

同年十月、天皇は「漢部を集めて、その伴造《とものみやつこ》（管理者）となる者を定めよ」と命じた。その伴造となった者には「直《あたい》」という姓を賜う。

十七年三月二日、土師連《はじのむらじ》等に命じた。

「朝夕の食事を盛る清き器を献上せよ」

土師連の祖となる吾笥《あけ》は、この詔を受け、摂津国の来狭狭村《くささのむら》、山背国の内村《うちのむら》と俯見村《ふしみのむら》、伊勢国の藤形村《ふじかたのむら》、および丹波・但馬・因幡の私の民部《かきべ》を献上した。これらを名付けて贄土師部《にえのはじべ》という。

十八年八月十日、物部菟代宿禰《もののべのうしろのすくね》と物部目連《もののべのめのむらじ》を遣わし、伊勢の朝日郎《あさけのいらつこ》を討たせる。官軍が向かっていると聞いた朝日郎は、伊賀の青墓で待ち構える。彼は、有名な弓の名手。姿を現した官軍に向かい、大声で叫んだ。

「朝日郎が射る矢に当たりたい者、前に出でよ！」

彼が放つ矢は、二重の鎧をも射通し、官軍は皆怖気づく。天皇の命を受けた物部菟代宿禰も攻撃を躊躇い、そのまま二日一夜が過ぎていく。

膠着状態の中、物部目連は自ら大刀を取り、立ち上がった。筑紫の聞物部大斧手《きくのもののべおおおのて》に盾を持たせて防御役とし、雄叫びを挙げながら敵軍目指して馬を駆る。

遥か彼方から向かってくる二人。朝日郎は、弓を取る。狙うは、盾を掲げて前を走る大斧手。豪速の矢を放てば、大斧手の盾と二重にしていた鎧をも射通し、鏃は大斧手の身体に一寸ほど食い込む。こうして大斧手の盾に守られながら目連は進み、朝日郎を捕まえると、その場で切り殺した。

その様子は、官軍を率いていた物部菟代宿禰も見ていた。自らの弱気を恥じた彼は、七日経っても天皇に報告できずにいる。不審に思った天皇は、侍従に問う。

「菟代宿禰は、なぜ速やかに報告しない」

侍従の中に讃岐《さぬきの》田《た》虫別《むしのわけ》という者がいて、彼が進み出て申し上げる。

「菟代宿禰殿は怖気づき、二日一夜の間、朝日郎に立ち向かわず。物部目連殿が筑紫の聞物部大斧手殿を従えて朝日郎を攻撃し、捕らえて切り捨てたのです」

話を聞いた天皇は怒り、菟代宿禰が管轄していた猪使《いつかい》部《べ》を取り上げ、物部目連に与えた。


十九年三月十三日、天皇は、穴穂部《あなほべ》を置いた。


二十年の冬、高句麗の王は大軍を率いて、百済を撃ち滅ぼす。少しばかり生き残った百済の王族やその側近達は倉下《へすおと》に身を寄せている。兵糧も尽きはて、悲嘆の涙にくれるばかりであった。

高句麗の将軍達は高句麗王に進言する。

「百済の者達は、何を考えるかわからない。考えがかわり、心が惑いやすい者達です。このままにしておけば、また勢いを盛り返すときがくるでしょう。駆逐してしまう方がよろしゅうございます」

高句麗王は応える。

「それがよいとも言い切れぬ。聞くところでは、百済は日本の官家《みやけ》としての歴史も長い。また、百済の王族が日本の天皇に仕えたこともある。これは、よく知られていることだ。百済を完全に滅ぼせば、日本を敵にまわすことになる」

そして、百済を滅亡させる寸前で引き上げた。

百済記によれば、蓋鹵王の乙卯《きのとう》年の冬に、高麗《こま》の大軍が来て、七日七夜にわたり漢城を攻め、王城は陥落し、都を失った。国王、大后、王子等、皆高麗の手にかかり死んだという。

二十一年三月、百済が高麗に滅ぼされたと聞いた天皇は、久麻那利《こむなり》の地を汶洲王《もんすおう》に与え、百済王朝を救い再興させた。人々は皆言った。

「百済国の王族は既に滅び、倉下に身を寄せ合い憂いていたけれども、まさに天皇様の御力により、復興することができた」

汶洲王は、蓋鹵王の母の弟。久麻那利は、任那国の下哆呼唎県《あろしたこりのこおり》の別邑である。

二十二年一月、葛城韓媛が産んだ白髪皇子《しらかのみこ》を皇太子とする。

同年七月、丹波国の余社郡《よさのこおり》の菅川《つつかわ》に瑞江浦嶋子《みずのえのうらしまのこ》という男がいた。その男が舟に乗り釣りをしていると、大きな亀を得た。亀は乙女の姿に変わり、浦嶋子はその乙女に惚れて妻にした。二人は共に海に入る。蓬莱《ほうらい》山に至り、仙人の世界を巡り観る。その話は、別の巻に記す。

二十三年四月、百済の汶洲王の息子である文斤王《もんこんおう》が逝去した。

百済の加須利君（蓋鹵王）の弟で軍君《こにきし》と呼ばれていた昆支王《こんきおう》は、日本で暮らし続けており、彼には五人の息子がいる。その二番目にあたる末多王《またおう》は、子供ながら聡明。末多王を内裏に呼んだ天皇は、彼の頭を撫で、百済国の王となるよう言い含めた。そして、武器を与え、筑紫国の兵士五百人を添えて、百済国まで護衛して送り届ける。彼を東城王《とうせいおう》とよぶ。

この年、百済からの貢ぎ物は、通常の年より豪華であった。筑紫の安致臣《あちのおみ》・馬飼臣達は、海軍を率いて高句麗を討つ。

同年七月、病に倒れた天皇は、皇太子である白髪皇子に行政全般を委ねた。

八月七日、天皇の病はますます重くなる。天皇は、家臣達に別れを告げ、重臣達の手を握って嘆き、大殿にて崩御された。

天皇は、大伴室屋大連と東漢掬直《やまとのあやのつかのあたい》に、次のように遺言を残された。

「今や天下は統一され、竈《かまど》から煙が立ち上る。民達は安らかに暮らし、四方の夷《ひな》たちも従う。天は国の安寧を願い、私が力を尽くしてきたのも民達のためだ。家臣達は毎日朝廷に参上し、地方の役人達も都に詣でる。実直に務める彼等と私は、形の上では、君と臣。だが情においては、父子でもある。私は、家臣達の知恵と力を得て、内外の心を歓ばせ、天下に永く安楽を保ちたいと願ってきた。

この私が病に負けるなど、信じられない。だが、思わぬことが起きるのが、人の世の常。残念な思いはあるが、泣き言は言わぬ。私も若くはなく、『早すぎる死』でもない。ただ、気力も体力も尽きてしまった。私が力を尽くしてきたのは、自分の為だけではない。民達に安心を与え、暮らしを守るためだ。子や孫にこの思いを託せるだろうか。天下の為には、最善を尽くすべきだと。

吉備稚媛が産んだ星川皇子は今、謀反の心を抱き、兄弟を思う心はない。昔の人は言ったものだ。『君主以上に家臣を知る者はなく、父親以上に息子を知る者はいない』と。もし星川皇子が国家を治めるならば、必ず、家臣に恥を広げ、民達に辛い思いをさせるだろう。悪い子孫は民百姓に憚られ、よい子孫は大業をなす。これは私の家族の話だが、この真理は隠すべきでない。

大連等が管轄する民部は、広く大きく国に満ちている。皇太子は後継者として、仁、孝の人徳が皆に知られている。その言行は、私の志を成し遂げるに十分なものだ。皇太子が大連等と共に天下を治めると思えば、私自身が死のうとも、恨み言を言うつもりなどない」

他の者が言うことには、天皇はこう告げられたと言う。

「星川皇子の腹には悪事が潜み、心は荒々しいと、天下に知れ渡っている。不幸にも私が死んだ後には、皇太子を傷つけようとするだろう。お前達民部は、数も多い。心して皇太子を助けよ。星川皇子を甘く見るな」

ちょうどその頃、征新羅将軍である吉備臣尾代《きびのおみおしろ》は、新羅へ向かう途中で実家に立ち寄ろうと、吉備国にいた。すると、今は従属している大勢の蝦夷達が集まり、こう言い合うのが聞こえた。

「天皇は亡くなった！　この機会を失うな！」

その言葉の通り、彼等は結集して、近隣の郡へ侵攻を開始する。尾代は実家を離れて後を追い、娑婆の水門で、矢を放ちあう合戦となった。

蝦夷等は、踊ったり伏せたり常に動きながら矢を放つ。そのため、尾代軍が射る矢は、なかなか彼等に命中しない。そのうち、尾代軍の矢は尽きてしまった。浜辺で踊り伏しながら射かけてきた敵を二部隊射殺したが、二塊の矢も尽きた。尾代の手元にあるのは、弓のみ。彼は、つがえる矢がないまま弦を弾き、悪霊払いの音を鳴らす。矢を持って来させようと船人を呼ぶが、怯えた船人は逃げ去っていた。

尾代は、砂地に弓を突き立て、その先端を握って歌った。

道に闘うや　尾代の子　母にこそ　聞こえずあらめ　国には　聞こえてな

（尾代軍は、新羅へ出征する途中で、祖国のために戦っている。母には伝わらないだろうが、国の人々には伝わって欲しい）

そして、弓を捨て、刀を抜き、自ら多くの敵を切る。また追いかけて、丹波国の浦《うら》掛水門《かけのみなと》に至り、悉く攻め殺した。

四　白髪武広国押稚日本根子《しらかのたけひろくにおしわかやまとねこ》天皇（第二十二代　清寧《せいねい》天皇）

白髪武広国押稚日本根子天皇（第二十二代　清寧天皇）は、大泊瀬幼武天皇（第二十一代　雄略天皇）の第三子。髪は生まれつき白く、民を深く愛する人柄は、成長とともに顕著になった。父天皇が皇太子に選んだ所以《ゆえん》である。

天皇の母親は、葛城韓媛。眉輪王をかばって殺された円大臣の娘である。円大臣の父親である玉田宿禰も、地震のときに職場を離れていたとして殺された。天皇の姉にあたる栲幡皇女《たくはたのひめみこ》は、武彦との仲を疑われて自害している。

八月、大泊瀬天皇（雄略天皇）が崩御すると、吉備稚媛は、自分が産んだ星川皇子に言い聞かせた。

「天皇の位を得ようと思うならば、まず、大蔵の官《つかさ》を取れ」

彼女は、吉備上道臣田狭の妻として兄君と弟君と呼ばれる二人の息子を産み、大泊瀬天皇の妃となってから、磐城皇子と星川皇子を産んでいる。

母の言葉を耳にした磐城皇子は、幼い弟に言った。

「皇太子は、私の弟であっても簡単に欺くことはできない。そのようなことをしてはいけない」

しかし星川皇子は、諫める兄の言葉を聞こうとしない。安直に母親の意に従い、大蔵の役所を占拠した。財物が蓄えられた大蔵の扉を閉めて門をかけ、他の者を立ち入らせず、自らの権勢のために公の財産を勝手に費やす。

この事態を受け、大伴室屋大連は東漢掬直に言った。

「大泊瀬天皇（雄略天皇）が我等に託されたとおりだ。今こそ遺言に従い、皇太子を守らなければ」

そして、速やかに兵を集めて大蔵を囲み、出入り口を塞いで火をつける。これにより、大蔵の中にいた星川皇子も、母親である吉備稚媛も、彼女と吉備上道臣田狭との息子である兄君も、そして皇子に従っていた城丘前《きのおかさきの》来目《くめ》も焼死した。

この時、星川皇子に従っていた河内三野《かわちのみの》県主《のあがたぬし》小根《おね》は怖気づき、火を避けて逃げ出した。そのまま草香部吉士漢彦《くさかべのきしあやひこ》の元へ駆けつけ、彼の足にとりすがり、自分のために大伴室屋大連に命乞いをして欲しいと訴える。

「私、県主小根は、確かに星川皇子に仕えていました。けれども、皇太子様に叛くようなことはしておりません。どうか、大いなる情けを！　命だけはお助けください」

漢彦から小根の願いを聞いた大伴室屋大連は、死刑に処す者達の中に彼を入れなかった。小根は深く感謝し、難波の来目邑《くめむら》の大井戸《おおいへ》の田十町を室屋大連に、また荘園を漢彦に献上した。

この月、吉備上道臣等は朝廷で反乱があったと聞き、吉備稚媛から生まれた星川皇子を救おうと、戦船四十隻を率いて海に出た。しかし、既に焼き殺されたとの知らせが届き、元の港に引き上げる。皇太子であった天皇は、すぐに使いを遣わし、上道臣等を責めて、その領地であった山部《やまべ》を取り上げた。

十月四日、大伴室屋大連は、臣・連等を率いて、御璽《みしるし》を皇太子に奉る。

四　白髪武広国押稚日本根子天皇（第二十二代　清寧天皇）

西暦四八〇年、庚申《かのえさる》の年、一月十五日、高御座《たかみくら》を磐余《いわれ》の甕栗《みかくり》に設けて、天皇は即位し、この地に宮を定める。母親である葛城韓媛を皇太后とし、大伴室屋大連を大連、平群真鳥大臣《へぐりのまとりのおおおみ》を大臣とするなど、臣・連・伴造《とものみやつこ》等は、前の職位のまま引き継いだ。

十月九日、大泊瀬幼武天皇（雄略天皇）を丹比高鷲原陵《たじひのたかわしはらのみささぎ》に葬る。この時、天皇を慕う隼人の一人が、その陵の傍で、昼夜を問わず哀悼の声を上げていた。与えられた食べ物も口にせず、七日が過ぎて彼は亡くなった。陵を守る司は、陵の北に墓を作り、この隼人を丁重に葬った。

大泊瀬天皇（雄略天皇）が逝去し、白髪皇子（清寧天皇）が即位したことは、億計《おけ》と弘計《をけ》の兄弟が暮らす播磨の赤石（明石）にも伝わっている。兄弟の父親は、去来穂別天皇（第十七代　履中天皇）の長男、市辺押磐皇子。その市辺押磐皇子と弟の御馬皇子が、即位前の大泊瀬皇子（雄略天皇）に殺されてから、二十年を超える月日が流れた。

高貴な家族の平穏な日々は、あの日突然終わった。幼い兄弟の命を守ったのは、日下部連使主《くさかべのむらじおみ》と息子の吾田彦。この父子に救い出されたものの、それからは、追手から逃れる流浪の日々。都を離れ、丹波へ。さらに播磨へ。

数年を経て、子供ながら働けるまで二人が成長すると、忠臣使主は自ら命を絶った。兄弟を狙う者達は、使主を探している。その唯一の手がかりを、消すために。

億計と弘計は生き延びるため、赤石の縮見屯倉首《しじみのみやけのおびと》の屋敷で小僧として働き始めた。そして、二十代後半となった今も、同じ屋敷で下男として暮らしている。信じられるのは、互いのみ。他人に心を許すこともなく、妻も子もいない。貧しい暮らしで、身体も大きくはなれなかった。陰りのある整った顔立ちもあり、二人は実際の年齢より若く見え、「丹波小子《たにわのわらわ》」（丹波から来た小僧）と呼ばれ続けている。

二人は思う。父を殺した男は死んだ。だが、今更何ができるだろう。

二年二月、子供がいない天皇は「白髪《しらか》」の名を遺すべく、大伴室屋大連を諸国に遣わし、白髪部舎人《しらかべのとねり》・白髪部膳夫《かしわで》・白髪部靫負《ゆけい》を置く。

同年十一月、新嘗《にいなめ》に供物を供えるため、伊予来目部小楯《いよのくめべのおだて》が、播磨国赤石郡に遣わされた。その滞在中、縮見屯倉首である忍海部造《おしぬみべのみやつこ》細目《ほそめ》の屋敷で新築を祝う宴が開かれ、小楯も招かれた。宴は昼夜にわたり、大いに賑わう。

同じ屋敷の竈の傍では、億計と弘計の兄弟が火の番をしていた。二人とも貧しい身なりで、顔や手足は煤で汚れている。聞こえてくるのは、賑やかな笑い声。

「兄上、災いを逃れてここまで辿り着き、長い年月が過ぎてしまいました。今、この屋敷には多くの人が集まり、都からは使者も来ています。今宵こそ、我等の本当の名を告げ、身分を明かしましょう」

そう言う弟の表情は硬い。兄は、考え込む。告白の危険性は重々わかっている。

「真実を明らかにして殺されるか、このまま黙って命だけは守るべきか、いずれを選ぶのが正しいのか」

「私達は、去来穂別天皇（履中天皇）の孫。それなのに下男として人に使われ、牛馬の世話をして暮らしている。身分を明かして殺されたとしても、今の境遇より、ずっとましです。何の悔いがあるでしょう」

弟の目から涙があふれ出し、兄弟は抱き合って泣いた。

「その通りだ。皆の前で身分を明かそう。その大役が果たせるのは、弟よ、そなたしかいない」

「私にそのような才覚はありません。この大業は、兄上が果たしてください」

「そなたは賢く、徳もある。そなた以上の適役はいない」

こうして譲り合った末、二人は竈の傍を離れて、宴会の末席に並んだ。もう腹を決めた。機会があれば、必ず名乗る。その役目を担うのは、弟の弘計だ。

やがて余興が始まった。

「皆、出し物をせよ。上の者から下の者まで、一人も漏らすな」

酔っぱらった者達が、順々に立ち上がっては謡い舞う。笑い声や手拍子も沸き起こり、宴はさらに盛り上がる。

「最後は誰だ。もういないか」

皆に問いかける小楯に、屋敷の主である細目が答える。

「残るは、末席に見える二人のみ。我が屋敷の火の番で、そろって慎み深い。常に譲り合う謙譲の美徳は、君子のごとし」

興味を持った小楯が目を向けると、手や顔に煤をつけた、みすぼらしい姿の若者が二人。小楯は、自ら琴を爪弾きながら、彼等に声をかける。

「祝いの席だ。遠慮はいらぬ。お前達も立って舞え！」

すると細目の話通り、兄弟らしい二人は互いに譲りあう。

「兄上、お先に」

「弟よ、先に舞え」

外見に似合わぬ上品な物言いに、男達は大笑い。だが二人は譲り合うばかりで、いつまでたっても舞おうとしない。ついに小楯が命じた。

「お前達、何をぐずぐずしている。さっさと立って舞え！」

すると、兄の方が立ち上がり、気品ある所作で簡潔な舞を披露し、一礼して席に戻った。続いて弟が立ち上がる。貧しい身なりを、きちんと整え、背筋を伸ばして、彼は謡い始めた。

築《つ》き立つる稚室葛根《わかむろかづね》　築き立つる柱は　この家長《いえのきみ》の御心の鎮《しずまり》なり。
取り挙ぐる棟《むね》 梁《うつはり》は　この家長の御心の林なり。
取り置ける椽橑《たるき》は　この家長の御心の斉《ととのおり》なり。
取り置ける蘆萑《えつり》は　この家長の御心の平《たいらか》なるなり。
取り結える縄葛《つなかづら》は　この家長の御寿《みいのち》の堅《かたまり》なり。
取り葺《ふ》ける草葉《かや》は　この家長の御富《みとみ》の余《あまり》なり。
出雲は新墾《にいはり》　新墾の十握稲《とつかしね》を　浅甕《あさらけ》に醸《か》める酒　美《うまら》にを　飲喫《やら》ふるかは。
吾が子等《こども》　脚日木《あしひき》のこの傍山《かたやま》に　牡鹿《さおしか》の角捧げて　吾が儛《まい》すれば、
旨酒《うまさけ》　餌香《えか》の市《いち》に　直《あたい》以て買わぬ。
手掌《たなそこ》も憀亮《やらら》に　拍《う》ち上げ賜いつ　吾が常世等《とこよたち》。

新築を祝う寿《ほ》き歌を謡い終わると、節に乗せて歌う。

稲蓆《いなむしろ》　川副楊《かわそいやなぎ》　水行けば　靡《なび》き起き立ち　その根は失せず
（川沿いの柳の枝葉は、流れに靡いたり起き立ったりしているが、その根を失ってはいない）

卑しい若者の歌とは思えず、小楯は声をかける。

「面白い。もう少し聞かせてくれ」

弟は、ついに格式高い殊舞《たつづのまい》を舞い始める。そして雄叫びのように声を上げた。

倭《やまと》は　そそ茅原《ちはら》　浅茅原《あさちはら》　弟日《おとひ》　僕《やっこ》らま！

（大和は茅がそよぐ国、私は、その浅茅原の弟王だ！）

この歌を聞いて小楯は訝しく思い、さらに言った。

「続けてみよ」

若者はきりりとした顔を紅潮させ、小楯の顔を見据え、再び叫ぶように歌った。

石《いそ》の上《かみ》　振《ふる》の神杉《かむすぎ》　本《もと》伐《き》り　末截《すえおしはら》ひ
市辺宮《いちのへのみや》に天下治《あめのしたしら》しし　天万国万押磐尊《あめよろずくによろずおしはのみこと》の御裔《みあなすえ》　僕《やっこ》らま！
（石上の振の神杉は、幹を切られ、枝を掃われた。市辺宮で天下を治めた押磐尊の御子なのだ　私達は！）

驚いた小楯は、自分の席から転げ落ちた。一気に悟ったのだ。
「皆の者、宴は終わった。退席せよ」
酔った男達が次々に部屋を出ていく。今舞った若者はそのまま立ち尽くし、もう一人の若者は、座ったまま成り行きを見つめている。

皆が退席すると、小楯は部屋の外に出て、誰も聞く者がないことを確かめて戻ってきた。

「生きておられたのですね……」

涙が溢れる。

「このような姿で、ご苦労されて……」

兄も立ち上がり、弟の傍に並ぶ。小楯はたまらず二人を抱き寄せた。手の平に伝わるのは、生活に必要な筋肉しかない痩せた身体。つぎを当て擦り切れた衣服。小楯は涙を流し続ける。若者たちの頬にもようやく熱い涙が流れ始めた。


小楯は仮宮を建てて二人を住まわせ、市辺押磐皇子の息子二人が存命であることを天皇に報告した。

「そうか、二人は存命であったか」

若き天皇は、しばし思いにふける。彼の髪は、生まれた時から白い。父が殺した多くの人達の恨みを背負って生まれたかのように。二人のことは聞いている。自分が生まれる前のことだ。天皇は言った。

「嬉しいことだ。子がいない私に、天が与えてくれたのか」

天皇は重臣達を集め、市辺押磐皇子の息子達が生きており、正式に宮中へ迎え入れることを告げた。そして、小楯を再び使者として、二人を赤石まで迎えに行かせた。

翌三年一月、億計と弘計の兄弟は、摂津国までたどり着く。天皇は、王族にふさわしい衣装と青蓋車《みくるま》を用意して二人を出迎え、宮中に招き入れた。

若き天皇の髪は白く、慈愛と気品に満ちた美しい姿をしている。向き合う億計と弘計の顔は日焼けして、その表情は険しい。二人の身体つきには余裕がなく、用意させた衣裳も、どこか似合っていない。

天皇は声をかけた。

「御苦労だったことでしょう。戻って来られて嬉しく思います」

二人は無言で頭を下げる。目の前の相手は、天皇。だが同時に、父親の仇の息子。その高御座《たかみくら》は、本来ならば父親から自分たちへと譲られるはずだったもの。素直に感謝の言葉を述べる気にはなれない。

二人の様子は最初から予想できていた。都から遠い地で、長年苦労してきたのだ。

いつ命を狙われるかも知れず、心から安らげるときはなかったろう。

天皇は言った。

「私には子がいない。私の後は、お二人にお譲りしようと思っています。まずは年長である億計殿は私の皇太子に、弟の弘計殿は皇子としてこの宮に戻られませんか」

兄の億計が答える。

「皇太子の位は、弟に譲ります。我等が都に戻れたのは、すべて弟の勇気と才覚によるもの。天皇の位は弟にこそふさわしい」

弟の弘計が遮る。

「兄上、何を言われます。父上がご存命ならば、父上の後に天皇の位を継ぐのは兄上でした。私が継ぐわけにはいきません」

目の前で譲りあう二人を見ながら、天皇は思う。二人の結びつきは強い。そして二人とも、天皇の位を得ることについては当然だと思っている。

彼等は天皇より少し年上。二人とも浮ついたところ、甘いところが全くない。それだけ苦労したのだろう。私の父が彼等の父親を殺したから。

譲り合う二人に、天皇は声をかけた。

「私は年長の億計殿を皇太子として、弘計殿は皇子として、皆に発表します。後はお二人でゆっくりお話しください」

そして四月七日、天皇は兄の億計王を皇太子とし、弟の弘計王を皇子とする。

前の天皇に殺された市辺押磐皇子の息子二人が生きていて、二十数年ぶりに都へ帰ってきた。地方で苦労を重ね、王族とは思えぬ姿になって。その二人を今の天皇は、皇太子と皇子として迎え入れている。

人々は戸惑っていた。これは祝うべき話なのか、そうでないのか。

葛城の忍海《おしぬみ》にある屋敷、角刺宮《つのさしのみや》。この屋敷で暮らす飯豊皇女も、複雑な思いを抱えていた。ようやく帰ってきた甥達に、昔の面影はない。無情に流れた時を思い、胸の奥深く封印してきた過去が、重石を失ったように騒ぎ出す。

「この妹が、男だったなら」

楽しそうに客人に話す兄、市辺押磐皇子。

「賢くて決断力がある。勇敢で、情も深い。私や弟にも負けぬものを」

「こんな愛らしい姫君に、それは失礼だろう」

そして、二人の笑い声。

兄妹の父親は、大鷦鷯天皇（仁徳天皇）の長男、去来穂別天皇（履中天皇）。彼はすでに亡くなっていたが、市辺押磐皇子は朗らかで友人も多く、屋敷には客人が多く訪れた。


兄達の話を聞きながら、彼女は思っていた。男になど、なりたくない。彼女の元へ届く、いくつもの縁談。多くの男達の中から相手を選び、心ときめく恋をして、愛する人の子供を産み育て、いつまでもずっと「綺麗」と言われる。

彼女が見ていたのは、そういう未来。

二十数年前、兄達は、即位前の大泊瀬天皇（雄略天皇）に殺された。災いを逃れ、可愛い甥達もいなくなった。あれほど多かった縁談も、全て途絶えた。言い寄る男もいなくなった。屋敷は常に監視されている。兄弟ですら平気で殺す、大泊瀬天皇（雄略天皇）。彼に目を付けられてはかなわない。

男でないため、命は奪われなかった。けれども、夫も子供も得られなかった。男でも女でもない人生。それでも私は、天皇の娘。同情など欲しくない。気丈な彼女は、自分と角刺宮を美しく飾り、胸を張って生きてきた。

不当に奪われた人生は、取り戻すことができるのだろうか。

七月、飯豊皇女は、角刺宮において初めて妻問を受ける。

その後、彼女はこう言った。

「私も女としての経験をしてみた。とくに変わったこともない。もう男と交わることはしたくない」

相手が誰だったかは分からない。昔、思いを寄せ合った相手か、皇太子の叔母になった彼女に打算で近づいた男か、ただの興味本位の御調子者か。

ただ、妻問が繰り返されることはなかった。

九月二日、天皇は臣・連を遣わし、諸国の風俗を視察させた。

十月四日、詔を出す。

「犬・馬・玩具は献上してはならない」

十一月十八日、臣・連を招き庭で宴会を催す。出席者には、綿・絹を賜う。皆、自分が持てるだけもらって帰っていった。

この月、海外の諸国も使いを遣わして朝貢する。

四年一月七日、海外の諸国の使者を招き、宮殿で宴会を催す。各自に多くの品を賜う。

閏五月、五日間に亘る盛大な宴会を催す。

八月七日、天皇自ら囚人達を視察する。この日、蝦夷・隼人ともに従う。

九月、天皇、射殿に出でます。家臣達や海外の使者にも弓を引かせ、多くの品を賜う。

五年一月十六日、白髪天皇は宮中で逝去した。

同年十一月九日、河内坂門原陵《こうちのさかとのはらのみささぎ》に葬られる。

五　弘計《をけ》天皇（第二十三代　顕宗《けんぞう》天皇）

西暦四八四年一月、白髪武広国押稚日本根子《しらかのたけひろくにおしわかやまとねこ》天皇（第二十二代　清寧天皇）が逝去した。

白髪天皇が皇太子に指名していたのは、兄の億計王。しかし、彼は弟の弘計王の即位を望み、弟は兄の即位を望む。そのまま二人が譲りあい、なかなか天皇が決まらない。

社会が落ち着かず、二人を非難する声が出始めたとき、叔母の飯豊皇女が、忍海《おしぬみの》飯豊青尊《いいどよのあおのみこと》と自ら名乗り、政治を執り行い始めた。当時の人はこう歌った。

五　弘計天皇（第二十三代　顕宗天皇）

倭辺《やまとへ》に　見が欲しものは　忍海の　この高城なる　角刺宮

（大和の辺りで見たいものは、忍海の高城にある角刺宮である）

しかし、十一月に飯豊青尊は崩御し、葛城埴口丘陵《かづらきのはにくちのおかのみささぎ》に葬られる。

十二月、官僚達が皆集まる。皇太子億計は天皇の御璽を受け取ったが、その御璽を天皇の坐に置いて一礼し、そのまま家臣達の傍らに下がった。

「この天子の位は、功績ある者が継ぐべきである。市辺押磐皇子の御子であると名乗り、この宮に迎えられたのは、すべて弟が行ったことによる」

そう告げられ、天皇の位にはつかず、弟に譲り給う。

西暦四八五年（乙丑年）一月、大臣・大連達が揃って弘計皇子に訴える。

「億計皇太子様は、聖人の徳故に天下を譲られたのです。弘計皇子様が天皇になられることは正統なこと。天の心、民の望みに叶い、遠くは韓諸国の者達の願いにも叶うこと。どうか兄上の命令に従い、天皇の位をお受けください」

ついに弘計皇子も頷いた。

「わかった」

そして、家臣達を近飛鳥八釣宮《ちかつあすかのやつりのみや》に招集し、即位を行った。弘計天皇のまたの名は、来目稚子《くめのわくご》という。

この月、難波小野王《なにわのおののみこ》を皇后に立て、大赦を行った。難波小野王は、雄朝津間稚子宿禰天皇（第十九代　允恭天皇）の曾孫である。


二月五日、天皇は詔を出す。

「私の父、市辺押磐皇子は災難に見舞われ、郊外の荒野で命を失った。幼かった私は難を逃れて身を隠し、こうして戻って来ることができた。天皇の位についた今、私は父の遺骨を探している。誰もそのありかを知らぬ。知る者がいたら申し出よ」

そう告げると、悲しみを抑えられず、皇太子億計とともに声を上げて泣いた。

その月、天皇自ら古くから仕える老人達を呼び出し、父の最期について知っていることはないか尋ねる。すると、一人の老女が口を開いた。

「私は、御骨が埋められた所を知っております」

「本当か！」

天皇は大いに驚く。

「そなたは、誰だ」

「私は、近江国の狭狭城山君《ささきのやまのきみ》の一族、倭俗宿禰《やまとふくろのすくね》の妹でございます」

「その場所に案内せよ！」

天皇と皇太子億計が案内されたのは、近江国の来田綿《くたわた》の蚊屋野。彼女が指し示す場所を従者に掘らせると、土の中から本当に人骨が出てきた。

天皇と皇太子は思わず悲鳴を上げ、地面に膝をつく。その目の前で、次々に掘り出される人骨。父の身体は、損壊されて埋められた。これほど酷《むご》い仕業があるだろうか。慟哭しながら骨に触れていた二人は、ふと疑問を感じた。

「老女よ、父上のご遺骨にしては多すぎるのではないか」

「はい。市辺押磐皇子様をかばいながら一緒に殺された、佐伯部売輪仲子《さえきべのうるわなかちこ》も同じ穴に埋められたと聞いております」

呆然とする兄弟。

「では、父上のご遺骨だけ選り分けることはできないのか」

市辺押磐皇子の乳母だった老婆が進み出る。

「仲子は、上の歯がありませんでした」

とはいえ、二人の遺骨を完全に分けることは難しい。やむなく蚊屋野の中に二つで一つとなるような陵を造り、得られた遺骨を全部納め、葬儀を行った。

遺骨の場所を覚えていた老女には「置目《おきめ》」という名を与え、おおいに褒美を与え、宮殿の傍に住まわせた。また、老女の足腰が弱り、歩くにも不自由していることから、老女の住まいと宮殿の間に縄を張らせ、縄の端に銅鐸をかけ、宮殿に来るときは縄にすがりながら歩くよう申し付けた。

その銅鐸が鳴る音を聞き、天皇は歌を詠む。

浅茅原《あさぢはら》　小确《おそね》を過ぎ　百《もも》伝う　鐸《ぬて》ゆらくもよ　置目来《く》らしも
（浅茅原や荒れ地を過ぎる伝令の鈴の音が伝わるように、鈴が鳴っている。置目が来るらしい）

三月、御苑で曲水の宴を催す。


四月十一日、天皇は小楯を呼び出した。

「治政を行う者が民の力を引き出す方法は、役職を与えることである。また、国が正しく治政を行う方法は、功績に対して賞を与えることである。前播磨国司来目部小楯は、私を尊び求め迎えた。その功績は偉大なものである。何か願いがあれば、遠慮なく申せ」

小楯は、畏まりながら申し上げる。

「私は山を司ることを、以前より願っております」

「わかった。そなたを山官《やまのつかさ》とし、山部連《やまべのむらじ》の氏を賜う。吉備臣を副官とし、山守辺《やまもりべ》をもってその民とする」

天皇は、善を褒めて功績を顕彰し、恩に報いて厚く応える。寵愛の心深く、並ぶものがない。長い辺境暮らしで、庶民の憂いや苦しみも理解していた。弱い者が虐げられるのは耐えられず、徳をもって、庶民のための政治を執り行う。生活困窮者には手を差し伸べ、人々は天皇を身近に感じた。


五月、狭狭城山君韓帒《からふくろ》宿禰が捕らえられた。彼は、市辺押磐皇子が殺されたとき、大泊瀬幼武天皇（雄略天皇）に同行していた。そのため同罪とみなされ、死刑を言い渡されたのだ。処刑の場に引き出された韓帒宿禰は、後ろ手に縛られたまま額を地面にこすりつけ、泣きながら訴える。

「天皇様の御父上が何の罪もなく殺されたこと、その場に私がいたこと、御父上と仲子の遺体を埋めたこと、これは事実です。けれども、殺したのは私ではありません。殺されるとも思いませんでした。お二人を埋めたのも、命令に従ったまで。逆らえば私も殺されていました。こうして罪に問われ、命をもって償うことになりましたが、私に何ができたでしょうか」

おいおい泣きながら訴える姿はあまりに憐れで、天皇は死罪を赦した。かわりに狭狭城山君の姓を剥奪し、亡くなった市辺押磐皇子の陵を守る役目とし、小楯が任じられた山部連に仕える者として山を守るよう命じた。また、一族の倭俗宿禰には、妹である置目の功績により、改めて元の姓である狭狭城山君の氏を賜う。

六月、避暑の別荘に行幸して謡や舞を楽しむ。また、群臣達を集めて飲食をふるまう。

この年、乙丑《きのとうし》年。（西暦四八五年）

翌二年三月、御苑で曲水の宴を催し、功績のある貴族や家臣、国造、伴造を集めて酒席を設ける。群臣達はおおいに喜び、天皇を称える。

八月、天皇は、兄である皇太子億計に語った。

「我等の父上には、何の罪もなかった。それなのに大泊瀬天皇（雄略天皇）は父を殺し、荒野に遺棄した。父上の完全な御身体は、今に至っても取り戻せていない。これでは、憤怒も悲嘆も消えようがない。この恥辱を晴らすため、私は、大泊瀬天皇の陵を壊し、その骨を砕いて撒き散らしたい。そうすれば、父上や私達の無念も少しは癒え、親孝行にもなるのではないでしょうか」

真剣な弟の表情に胸をつかれ、皇太子億計は言った。

「待て。その役目は私が担う。他の者にはさせるな」

不思議に思いつつ、天皇は頷く。

「兄上にお任せします」

その言葉を得た皇太子億計は、大泊瀬天皇（雄略天皇）の陵へ行き、その傍らの土を少しだけ掘って天皇の元へ戻った。

「お戻りが、あまりに早い。兄上、本当に陵を壊したのですか！」

問い詰める弟に、皇太子億計は掘ってきた土を見せる。

「少しだけ壊してきた」

「これでは、壊したことになりません！　父上の仇を討つには、徹底的に陵を壊して、骨を撒き散らさねば！」

顔を真っ赤にして迫る弟に、億計は兄の顔になって諫める。

「弟よ、そのようなことはしてはいけない。大泊瀬天皇は国を治め、天下を正しく統治された。国中の民が仰ぎ崇めた天皇なのだ。我等の父上は、天皇の長子ではあったが、天皇の位にはついていない。それでいえば、大泊瀬天皇の方が尊いのだ。その天皇の陵墓を壊せば、誰が天皇を奉るだろう。これが、理由の一つだ」

皇太子億計は息を継ぐ。

「それに我等が元の身分に戻り、天皇の位を継げるのは、白髪天皇（清寧天皇）の篤い恩寵あってのことではないか。大泊瀬天皇（雄略天皇）は、その白髪天皇の父君ぞ。弟よ、そなたの徳は今、広く天下に知られている。ここで恩ある方の父君の陵墓を壊す姿を見せれば、国を率い民を養うべき人物ではないと、世間に知らせるようなもの。そのようなことはしてはいけない。これがもう一つの理由だ」

兄の説得に天皇も落ち着き、大泊瀬天皇（雄略天皇）の陵を壊すことはやめた。

九月、市辺押磐皇子が埋められた場所を教えた老女、置目は、慣れない土地で身体も弱り、家に帰りたいと願い出た。
「私は気力も衰え、老いぼれ弱りました。渡していただいた縄にすがっても、歩き進むのは困難です。どうか、故郷に帰らせてください。故郷で死にたいと思います」
天皇は二度と置目に会えぬと悲しんだが、彼女の願いを聞き入れ、多くの土産を持たせて送り出した。

置目もよ　近江の置目　明日よりは　み山隠りて　見えずかもあらむ
（置目よ　近江の置目よ　明日からは山の向こうに隠れて　もう会えないのだろう）

十月六日、天皇は群臣達を集め宴会を催した。この年、天下泰平。民達も徭役に使われることもなく、豊作で百姓も豊かであった。馬も増え、野に溢れた。

三年（四八七年）二月、天皇の命を受け、阿閉臣事代《あへのおみことしろ》が任那に使いに出る。すると月の神が人に掛かり、こう語った。

「我が祖である高皇産霊《たかみむすひのみこと》は、元より天地を形作る功績あり。民土地をもって、わが月の神に奉れ。私の要請の通り献上すれば、福慶《さいわいよろこび》あるだろう」

これにより、事代は都に帰り詳細に報告を行う。天皇は、山背国《やましろのくに》の葛野郡《かどののこおり》にある歌荒樔田《うたあらすだ》の地を奉り、壱岐県主《あがたぬし》の先祖である押見宿禰《おしみのすくね》を祀る者とした。壱岐におられる月読神を分祠したこの社は、後の京都市にある葛野坐月読神社《かどのにますつきよみじんじゃ》である。


三月、御苑に行幸し、曲水の宴を催す。


四月五日、日の神が人にかかり、阿閉臣事代に語る。

「磐余《いわれ》の田をもって、我が祖である高皇産霊に献上せよ」

事代はすぐに報告する。天皇は、神の要請に従い十四町の田を献上する。対馬の下県直《しもつあがたのあたい》に祀らせる。十三日に福草部《さきくさべ》を置く。

四月二十五日、天皇は八釣宮《やつりのみや》で崩御した。

この年、紀生磐宿禰《きのおいわのすくね》は任那《みまな》を拠点として高麗《こま》に通う。西方の三韓の王を自任し、統治の仕組みを整え、自ら神聖《かみ》と名乗る。任那の左魯《さる》、那奇他甲背《なかたこうはい》等が謀《はかりごと》を用いて、百済《くだら》の適莫爾解《ちゃくまくにげ》を爾林《にりむ》で殺した。爾林は、高麗の地にある。彼等は帯山城《しとろもろのさし》を築き、東道《やまとじ》を塞いで守る。さらに兵糧を運ぶ港を支配し、軍の兵達を飢えさせ苦しめる。

百済王は大いに怒り、領軍古爾解《いくさこにげ》、内頭莫古解《ないとうまくこげ》等を遣わし、軍を率いて帯山城を攻めさせた。対する紀生磐宿禰は、軍を進めて逆襲に出る。血気盛んで、向かう所皆破る。一人で百人に当たるほど。しかし、暫くたつと兵力も尽き、百済を支配することはできないと悟り、任那から引き上げた。

これにより、百済は、左魯、那奇他甲背等、三百人余りを殺す。

六　億計《おけ》天皇（第二十四代　仁賢《にんけん》天皇）

西暦四八七年、即位して三年目の四月に、弘計天皇（顕宗天皇）は逝去した。

翌四八八年、戊辰《つちのえたつ》の年、一月、弘計天皇の兄で皇太子であった億計天皇（仁賢天皇）が石上広高宮《いそのかみのひろたかのみや》で即位する。石上は、後の奈良県天理市石ノ上付近。

億計天皇の実名は大脚《おおし》、またの名を大為《おおす》。字は嶋郎《しまのいらつこ》。天皇の実名が明らかにされているのは、この天皇のみである。

即位元年二月二日、以前からの妃、春日大娘《かすがのおおいらつめ》皇女を皇后に立てる。彼女は、大泊瀬天皇（雄略天皇）が和珥臣深目の娘の童女君《おみなぎみ》に産ませた皇女。天皇と皇后との間には、一人の皇子と六人の皇女が生まれる。皇子は、後の小泊瀬稚鷦鷯天皇《おはつせのわかさざきのすめらみこと》（第二十五代　武烈天皇）。皇女のうち手白香皇女《たしらかのひめみこ》は、男大迹天皇《おおどのすめらみこと》（第二十六代　継体天皇《けいたいてんのう》）の皇后になる。

十月三日、弟の弘計天皇（顕宗天皇）を傍丘磐杯丘陵《かたおかのいわつきのおかのみささぎ》に葬る。

翌二年九月、弘計天皇（顕宗天皇）の皇后であった難波小野皇后が自殺した。

かつて、存命だった弘計天皇が宴を催したときのこと。皇太子だった億計天皇は、瓜を食べようとして、切り分ける小刀がないことに気づいた。兄の様子を目にした弘計天皇は、自らの小刀を取り出し、傍らにいた小野皇后に手渡す。

「皇后よ、この小刀を兄上へ」

彼女は黙って受け取ると、皇太子億計の前に行き、立ったまま小刀を突き出し、瓜皿の上に置いた。この日は、酒を酌んだときも、立ったまま億計王を呼びつけた。弘計天皇が亡くなり、皇太子億計が即位した今、過去の敬意なき言動が咎められることを恐れ、彼女は自殺したと言われている。

三年二月、天皇は石上部舎人《いそのかみべのとねり》を置く。

四年五月、的臣鹿嶋《いくはのおみかしま》と穂瓮君《ほへのきみ》が罪に問われ、牢獄に入れられて死ぬ。

五年二月五日、天皇は、各地の国郡《くにこおり》に散り逃げていた佐伯部《さえきべ》を探させた。

天皇の父親である市辺押磐皇子が殺されたとき、その身体を抱きながら殺された佐伯部売輪仲子。彼の末裔を見つけ出し、佐伯造《さえきのみやつこ》とした。

六年九月四日、天皇は、技術者を集めるため、日鷹吉士《ひたかのきし》を高麗《こま》に遣わす。難波の港から彼が発った後、その港で声を上げて泣く女がいた。

「母にも兄《せ》、私にも兄、愛しい夫よ」

その泣き声はあまりに悲痛で、聞く人の心を激しく揺さぶる。ついに菱城邑《ひしきのむら》の鹿父《かそ》という人が彼女に尋ねた。

「なぜそれほど悲しい声で泣くのだ」

「私には二重の悲しみ。わかるでしょ」

「そうだな」

頷く鹿父。傍にいた人が尋ねる。

「何を納得している」

鹿父は説明した。

「この女性は飽田女《あくため》という。彼女の夫は麁寸《あらき》といい、日鷹吉士に従って高麗に発ってしまったのだ」

彼女も泣きながら続ける。

「私の母哭女《なきめ》は、難波玉作部鯽魚女《なにわのたますりべのふなめ》と韓白水郎畑《からまのはたけ》の間に生まれた娘、私の夫麁寸は、難波玉作部鯽魚女と住道人山杵《すむちのひとやまき》の間に生まれた息子。そして私は、哭女と山杵の間に生まれた娘。だから、旅立った麁寸は、亡くなった母の兄弟で、私には兄であり夫。母にも兄、私にも兄」

この年、日鷹吉士は高麗より帰国し、高麗から連れてきた技術者である須流枳《するき》、奴《ぬ》流枳《るき》等を天皇に献上した。今大倭国《いまやまとのくに》の山辺郡《やまのへのこおり》の額田邑の革職人高麗は、その子孫達である。

七年一月三日、小泊瀬稚鷦鷯尊《おはつせのわかさざきのみこと》（第二十五代　武烈《ぶれつ》天皇）を皇太子にする。

八年十月、百姓達が言う。「国中平穏無事にて、役人たちも良い仕事をしている。

天下は仁義に基づき、民は自らの仕事を全うしている」

この年、五穀豊穣、蚕も生糸を多く出し、麦も豊かに実る。都も地方も清らかに平安を保ち、民達はますます仕事に励んだ。

十一年八月八日、天皇は宮殿にて崩御した。

十月五日、天皇を埴生坂本陵《はにゅうのさかもとのみささぎ》に葬る。

本書と『日本書紀』『古事記』について（解説）

本書では基本的に、逸話は『日本書紀』の記載に基づいている。また、天皇の在位期間については、『古事記』および『日本書紀』記載の干支《えと》による。

一　雄朝津間稚子宿禰《おあさづまわくごのすくね》天皇（第十九代　允恭《いんぎょう》天皇）

『古事記』は、丁丑年《ひのとうし》（四三七年）に前の反正天皇が逝去し、允恭天皇は、甲午年《きのえうま》（四五四年）一月に逝去したと記す。『日本書紀』では、允恭天皇は壬子年《みずのえね》（四一二年）に即位し、在位四十二年目に逝去している。ただし、十四年の記事の次は、二十三年と二十四年の木梨軽皇子と妹の話であり、その次は逝去の記事になる。

本書では、允恭天皇は四三七年に即位し、四一二年から四十二年目にあたる四五三年一月に逝去。翌四五四年十二月に、次の安康天皇が即位したと想定している。

木梨軽皇子と妹の逸話は、在位十五、十六年の話とし、允恭七年に生まれた赤子は雄略天皇ではなく、允恭天皇の最後の皇女とした。

なお、允恭天皇が父親から叱責される逸話は、「即位前紀」を元にしている。皇后の子供時代の逸話は「二年紀」を元にした。新羅の人が薬で天皇の病を治したことは「三年紀」に、その新羅人の名前は『古事記』にある。

二　穴穂《あなほ》天皇（第二十代　安康《あんこう》天皇）

安康天皇が甲午年（四五四年）に即位し、三年目の八月に逝去したとするのは、『日本書紀』記載の通り。

市辺押磐皇子を後継にしようと考えていたことは、雄略天皇即位前紀の記述による。

三　大泊瀬幼武《おおはつせのわかたけ》天皇（第二十一代　雄略《ゆうりゃく》天皇）

『日本書紀』の記述に従い、雄略天皇は、丁酉《ひのととり》年（四五七年）に即位し、清寧天皇が即位した庚申《かのえさる》年（四八〇年）の前年である四七九年に逝去したとする。

雄略天皇の皇后「草香幡梭皇女」は、仁徳天皇の皇女。本書では、仁徳天皇が逝去した年を『古事記』が記す丁卯《ひのとう》年（四二七年）とし、彼女については、四一八年頃の生まれと仮定して、次のように想定した。

履中六年（四三二年）一月、彼女は履中天皇の皇后になるが、天皇は三月に逝去し、娘の中蒂姫皇女とともに、兄の大草香皇子の元で暮らし始める。そして、四四七年頃、中蒂姫は伯父の妻になり、眉輪王が生まれた。甲午年（四五四年）大草香皇子が殺され、翌年、中蒂姫は安康天皇の皇后になる。その次の年、『古事記』によれば七歳の眉輪王が、安康天皇を殺して雄略天皇に討たれた。雄略天皇は丁酉年（四五七年）に即位し、草香幡梭皇女を皇后に迎える。

『古事記』では、眉輪王（目弱王）は、直接、円大臣（都夫良意美）の家へ逃げ込んでいる。その際、円大臣は葛城韓媛のことを「先の日、問いたまいし」娘と言っている。つまり、韓媛は、妃になる前に雄略天皇の妻問を受けており、その時にできた娘が、武彦との仲を疑われて「雄略三年」に自殺した栲幡姫皇女と考えられる。

吉備稚媛は、元年紀の記載では、吉備上道臣の娘、あるいは吉備窪屋臣の娘とされている。本書では、七年紀「別本にいわく」により、葛城襲津彦の子である玉田宿禰の娘、毛媛と同一人物とした。

四　白髪武広国押稚日本根子天皇《しらかのたけひろくにおしわかやまとねこ》（第二十二代　清寧天皇《せいねい》）　弘計天皇《をけ》（第二十三代　顕宗天皇《けんぞう》）、億計天皇《おけ》（第二十四代　仁賢天皇《にんけん》）

『日本書紀』によれば、清寧天皇は庚申年（四八〇年）に、顕宗天皇は乙丑年《きのとうし》（四八五年）に、仁賢天皇は戊辰年《つちのえたつ》（四八八年）に即位している。

市辺押磐皇子の息子達、億計王と弘計王の逸話は、『日本書紀』の雄略天皇即位前紀、清寧天皇二年紀と三年紀、顕宗天皇即位前紀から二年紀、仁賢天皇即位前紀、および『古事記』の安康天皇記、清寧天皇記、顕宗天皇記に記されている。

本書では時系列にまとめ、それぞれの天皇の章に書き入れた。

また、飯豊皇女の逸話は『日本書紀』にあるが、彼女の心情は、筆者の推測である。

著者プロフィール

阿上 万寿子（あがみ ますこ）

1959年生まれ
福岡県出身
九州大学法学部　卒業
奈良大学通信教育学部　文学部文化財歴史学科　卒業
山口県在住

既刊書
『イザナギ・イザナミ　倭の国から日本へ 1』（2017年　文芸社）
『スサノオ　倭の国から日本へ 2』（2018年　文芸社）
『大国主と国譲り　倭の国から日本へ 3』（2018年　文芸社）
『天孫降臨の時代　倭の国から日本へ 4』（2018年　文芸社）
『神武東征　倭の国から日本へ 5』（2019年　文芸社）
『卑弥呼　倭の国から日本へ 6』（2019年　文芸社）
『倭国統一　倭の国から日本へ 7』（2020年　文芸社）
『日本武尊と神功皇后　倭の国から日本へ 8』（2021年　文芸社）
『応神天皇と仁徳天皇　倭の国から日本へ 9』（2022年　文芸社）

雄略天皇　倭の国から日本へ　10

2023年10月15日　初版第1刷発行

著　者　阿上 万寿子
発行者　瓜谷 綱延
発行所　株式会社文芸社
〒160-0022　東京都新宿区新宿1－10－1
電話　03-5369-3060（代表）
03-5369-2299（販売）

印刷所　神谷印刷株式会社

ISBN978-4-286-22919-5